《新科学》、世俗化与"世界文学"

张燕萍 著

华东师范大学出版社
·上海·

华东师范大学出版社六点分社　策划

教育部人文社会科学研究一般项目资助，项目编号21YJC751037

致大卫·达姆罗什(David Damrosch)
和所有引领与帮助过我的老师们

目　录

导论
　　——《新科学》、世俗化与"世界文学" ………………… 1

第一部分

"'世俗'批评"?
　　——《新科学》《摹仿论》与奥尔巴赫的伤疤 ………… 25
　一、"如果……歌德不是歌德……":奥尔巴赫的
　　　伤疤 ……………………………………………… 31
　二、"历史世界"、语文学、"关于神圣神意的理性
　　　公民神学"与黑格尔的幽灵 …………………… 43
　三、但丁、《喻象》与"世界文学"的救赎 …………… 68

第二部分

从创（natio）世（mundus）文字（gramma）到解构"解构"
——论维柯的"文字世界"与达姆罗什的"世界文学"
.... 93

四、创（natio）世（mundus）文字（gramma）：
维柯的"文字世界"............................ 99

五、契约、起源与"作者之生".................... 112

六、诸神黄昏之后：达姆罗什的"世界文学"与
"文字世界"............................ 133

参考文献 149
后　记 169

导 论
——《新科学》、世俗化与"世界文学"

一、世界文学论争

"世界文学"和"文学"的存在一样古老,但世界文学话语的兴起是在十九世纪,其中最著名的是我们耳熟能详的歌德和马克思的先知性呼吁——"世界文学的时代已来临,每个人都应努力加速它的到来""从众多的民族和地方文学中,出现了一种世界文学"。通常认为,世界文学话语是伴随着近代民族国家话语的兴起和资本主义市场的扩张而出现的,但需要指出的是,它也是伴随着福柯在《词与物》中提到的"人的概念"在十九世纪的出现与昙花一现而进入话语史的。爱德华·萨义德(Edward Said,1935—2003)——一位汇通了福柯、葛兰西和对维柯人文主义创造性解读的后殖民批评家——对此再清楚不过。当他1969年把埃里希·奥尔巴赫(Erich Auerbach,1892—1957)的《世界文学的语文学》

(„Philologie der *Weltliteratur* ")一文译成英文,从而宣告"世界文学"进入比较文学学科主流话语之时,他在译者前言里所强调的,除了国族之外,便是"人性"(Humanität)。萨义德借奥尔巴赫之口表达了他对处于冷战意识形态下日益扁平化的世界的担忧,这种担忧九年后汇入他赫赫有名的后殖民理论奠基作《东方主义》(1978)之中,二十年后获得了它的漫画式表达——福山(Francis Fukuyama)的备受争议的"历史的终结"(1989)。

当代世界文学话语的复兴可以追溯到千禧年前后。帕斯卡尔·卡萨诺瓦的《文学世界共和国》(*La République mondiale des Lettres*, 1999)、弗兰克·莫莱蒂的《世界文学猜想》("Conjectures on World Literature", 2000)和大卫·达姆罗什的《什么是世界文学?》(*What is World Literature?* 2003)的相继出版或发表悄然宣告了后殖民理论的死亡,后殖民理论"圣三一"被新的"圣三一"所取代。复兴的世界文学研究所关心的问题看似和后殖民理论处理的问题并无二致——国族、语言、文学生产和流通中的权力关系,等等。把过去二十年来关于世界文学的论争看作是复兴的世界文学话语与试图复活的后殖民理论间的论争并不为过。面对后殖民理论的死亡,加亚特里·斯皮瓦克(Gayatri Spivak)在《一门学科之死》(*Death of a Discipline*, 2003)一书中索性宣告了比较文学学科的死亡。但比较文学也可以生——斯皮瓦克在此书中重申了她的"星球性"(planetary)概念,她认为,"星球性"值得被探索,"因为它是一个未知的量子,几乎没有被暗示过,还没有穷尽我们希望它承载的意义"(Spivak,2003:102)。斯皮瓦克的"星球性"概念可以被看作是对崛起的世界文学话语中"世界"的抵抗与挑战。但"世界文学"中的"世界"还是一个新鲜的概念,其意义远没有被穷尽,甚至可以说尚未被探索。充满悖论的是,斯皮瓦克试图夺回后殖民理论话语权的尝试反倒拓展并丰富了世界文学研究——《一门学科之死》引发了艾美·埃里亚斯(Amy J. Elias)和克里斯丁·莫拉鲁(Christian Moraru)所谓的"星球性转向"(Elias and Moraru, 2015),"星球性转向"的代表人物——耶鲁大学英文系的宋惠慈(Wai Chee Dimock)教授——将障碍研究(disability studies)和生态批评(eco-criticism)带入国族文学研究。此后,唐丽园(Karen Thornber)和珍妮佛·温佐(Jennifer Wenzel)等学者进一步拓宽了"星球性转向"的空间与伦理维度,而"星球文学"与"世界文学"的界限也越来越模糊——唐丽园和温佐都是世界文学研究领域的学者。

斯皮瓦克并非唯一对新兴的世界文学话语发起挑战的学者。本尼迪克·安德森(Benedict Anderson)的学生谢平(Peng Cheah)在《什么是世界?论作为世界文学的后殖民文学》(*What is a World? On Postcolonial Literature as World Literature*, 2016)一书中,尝试对"世界文学"中的"世界"做时间性的解读,从而提供一个"改变"世界文学话语的"规范性基础"(Cheah,2006:2)。谢平的理论是基于他对世界文学话语的特定的解读之上的,他认为,"圣三一"世界文学话语是一种关于空间的、与资本主义全球化同谋的话语。他的理解带有强烈的后殖民理论色彩。但谢平似乎没有注意到,卡萨诺瓦、达姆罗什和莫莱蒂对世界文学的论述根本上都是文学史叙述——"时间"本来就是世界文学话语中不可忽略的维度。

萨义德的学生阿米尔·穆夫迪(Aamir Mufti)和谢平一样,试图给圣三一世界文学话语注入他认为其所缺乏的伦理规范性。在其《忘记英语！东方主义和世界文学》一书的书名中,"东方主义"和"世界文学"都以复数形式出现,穆夫迪继承并放大了萨义德对世界文学消解民族文学的可能性的忧虑。艾米丽·艾普特(Emily Apter)的《反对世界文学:论不可译之政治》(*Against World Literature : On the Politics of Untranslatability*,2013)也将圣三一世界文学话语与全球化政治相联系,艾普特试图通过"不可译"的概念突出她所理解的"世界文学"的语言与伦理困境。和斯皮瓦克的"星球性"概念一样充满悖论的是,艾普特的"反对世界文学"最终成了一种"世界文学"——一种以"不可译性"为纽带建立起的世界文学理论模型。

后殖民理论对世纪之交出现的世界文学话语的逆袭给我们几点启示。一方面,它提醒我们注意世界文学话语所具有的多重面向与其作为话语的强有力的涵盖性与周延性。

如果说斯皮瓦克的"星球性"概念被"世界文学"的吸收与再造说明世界文学概念具有仍待被开发的空间与伦理潜质,那么谢平、穆夫迪和艾普特对世界文学话语的挑战则从不同角度提醒我们注意世界文学话语中易被忽略的时间维度、复数主义和后结构主义逻辑。另一方面,后殖民理论对世界文学话语的逆袭也让我们意识到,世界文学话语在根本上处理的是和后殖民理论所关心的问题不一样的问题。国族、语言、身份、性别都已被建构与解构,对这些问题的讨论是世界文学话语的重要组成部分,但这些问题本身不需要世界文学话语,世界文学话语所做与能做的是在废墟上建构关于"世界"和"文学"的新的模型。

达姆罗什、莫莱蒂和卡萨诺瓦都谦虚地把各自的世界文学话语说成是"问题""方法"和"尝试",三位学者都不同程度地、不约而同地吸收并改造了伊曼纽尔·沃勒斯坦(Immanuel Wallerstein)的"中心—半边缘—边缘"(center—semi—periphery—periphery)模型,但三位学者都不把自己的世界文学话语称为理论。

三人中看似最具理论野心的莫莱蒂是一位痴迷科学的出色的文本细读者。他的卓越的想象力为数字人文研究指明了方向,但他自己的数字人文研究却似乎永远处于起步阶段。作为世界文学研究的领军人物之一,莫莱蒂的主要贡献在于他为思考"世界文学"提供了富于创意与实验性的建设方案,这也是他创立并担任指导的斯坦福文学实验室的主要贡献所在。学界对莫莱蒂世界文学话语的研究历来强调的是他对进化论和世界体系理论的运用,但或许我们也可以从另一个角度来理解。莫莱蒂的"远读"在很大程度上是一种充满想象力的社会学形式主义,将时间化为空间、空间化为图表,其源头可以追溯到俄国形式主义、诺思洛普·弗莱(Northorp Frye)的原型批评和格奥尔格·卢卡奇(György Lukács)的小说理论。

卡萨诺瓦的《文学世界共和国》同样是一部充满了想象力的建构作品。卡萨诺瓦以布迪厄的充满争竞的人性为基础,以竞技场为原型,以年鉴学派的长时段为依托,建构起一个有首都、公路、疆界和格林尼治线的不平等的"文学世界共和国"。达姆罗什则横贯古今,以一篇"散文"(达姆罗什把《什么是世界文学?》定义为一篇尝试定义"世界文学"的散文[Damrosch, 2003: 281],"essay"有"散文"和"尝试"的意思),尝试定义"什么是世界文学"——世界文学是没有"科学精准性"的"椭圆形折射",是埃及象形文字 khns 的限定形态的双头兽图案(Damrosch, 2003: 281—4)。

也许我们可以说,世界文学话语仍处于想象力丰沛、潜力充盈的童年阶段。它能处理的问题已超越了民族国家、身份政治、地域空间,但它对自身能处理的问题还没有足够的自觉。它能处理、已经处理却还没有被充分理解的最重要的问题之一是"世俗化"。"世俗化"的拉丁语词源意义之一便是"世界"。

二、"世俗""世俗化"与"后世俗社会"

根据马塞尔·戈谢(Gauchet,1997)、何塞·卡萨诺瓦(Casanova,2006)、菲利普·考斯基(Gorski,2000)、彼得·戈登(Gordon,2016)和史蒂夫·布鲁斯(Bruce,2002)等学者的考据,拉丁文"世俗"(saeculum)一词在其历史发展过程中积累了以下几层意思:saeculum的原意是"时代/时期/世纪",这个时间层面的含义在奥古斯丁和其他基督教早期教父的神学著作中对saeculum及其形容词形式saecularis的使用中得到保存,同时,早期教父们赋予了saeculum一词与神圣领域的非时间性相对立的时间性含义。saeculum一词的意涵在中世纪得到拓展,获得了"世界"(world)的空间性的含义。中世纪天主教使用saeculum一词来区分普通神职人员和世俗神职人员,世俗神职人员离开宗教机构,为世俗机构服务,致力于从内部展开对世界的圣化,他们仍然遵守戒律、佩戴教会佩章,但和普通神职人员不同的是,他们在"世界"(saeculum)中完成其神圣追求。saeculum的第三层含义可以追溯到近代,在宗教改革和法国大革命的进程中,saeculum被赋予了法律与政治意义,指的是教会财产被没收、移交政府,比如,法国大革命期间的教会财产强制国有化。这层关于带有暴力的政教斗争的意义在我们今天对"世俗化"的道德评判与价值取向中仍可见其印记：世俗化的支持者通常将世俗化与进步、理性、公平等价值相等同，而反对世俗化的一方则倾向于将其视为一种非法篡夺和人类道德规范的瓦解。

值得注意的是，"世俗"（saeculum）与"世俗化"（sæcularizatio）的词源意思在二十世纪六十年代涌现的多种世俗化理论对"世俗化"的定义中得到了保存与延续。本书在此选取世俗化理论的代表人物罗德尼·斯达克（Rodney Stark，1934—2022）、罗杰·芬克（Roger Finke，1954—）、马克·查韦斯（Mark Chavez）、戈谢、卡萨诺瓦和戴维·马丁（David Martin，1929—2019）对"世俗化"的不同理解作为说明。斯达克和芬克将"世俗化"定义为个人信仰的失落与社会层面宗教需求的下降（Finke & Stark，1998）。考斯基（2000）与查韦斯等学者批评斯达克和芬克把宗教需求视为常量，因而其对世俗化的定义太过僵硬，查韦斯把世俗化定义为"宗教权威的式微"（1994），即教会、宗教信仰与价值与宗教体制对社会的影响力的下降。戈谢对"世俗化"的定义体现出与斯达克和查韦斯都不同的理论路径，戈谢强调的是"世俗化"的文化意义，他的世俗化理论明显受到德国概念史传统的影响。和卡尔·雅斯贝尔斯（Karl Jaspers，1883—1969）与汉斯·布鲁门伯格（Hans Blumenberg，1920—1996）一样，戈谢将宗教视为与世俗领域分离却又同时建构世俗世界的领域，"世俗化"对他而言意味着宗教领域对世俗领域的构建能力的丧失。

斯达克、查韦斯和戈谢对"世俗化"的定义虽各不相同,但都以宗教领域和世俗领域的区分为前提,强调了两个领域间以不同形式发生的"转移",这个转移的概念在三位学者的著作中都以断裂的形式得到表现。除却这个"断裂"的意涵,三位学者对"世俗化"的定义从不同角度保存了"世俗"与"世俗化"拉丁词源的意思:个人信仰失落的背后是一个教士离开宗教机构、进入"世界"的意象,不同的是,这里的个人不再虔诚守律、保留宗教的痕迹;"宗教权威的式微"则不仅包含了空间转移的意涵,还带有财产与权力移交的言下之意;戈谢对世俗化概念的定义延续了布鲁门伯格在《现代的正当性》(*Die Legitimität der Neuzeit*,1966)中对基督教的末世时间论与历史时间的区分,强调两者的分离,即现代性的自足与正当性,布鲁门伯格对时间观的区分正是建立在基督教早期教父对宗教领域的非时间性与世俗时间的区分之上的。

何塞·卡萨诺瓦的著名的世俗化理论三分论强调的是在神圣与世俗领域之间发生的法律意义上的转移。卡萨诺瓦把世俗化理论按其含义分为三类:"宗教信仰与实践的衰落""宗教的私有化"和"世俗领域(国家、经济、科学等领域)的分化——即通常所理解的其从宗教体制与规范中被'解放'出来"(Casanova 2006:7)。卡萨诺瓦认为,"分化"是世俗化理论的核心。在解释"分化"的概念时,卡萨诺瓦将"世俗化"一词追溯到它的词源解释:"(分化)是经典世俗化理论的核心,它与中世纪基督教中'世俗化'一词的词源—历史意义有关……它指的是将人、物、意义等从教会或宗教的使用、占有或控制转移到民事或世俗的使用、占有或控制"(Casanova 2006:7)。卡萨诺瓦对"分化"的强调呼应了戴维·马丁和彼得·柏格(Peter Berger,1929—2017)的经典世俗化理论。马丁在其《世俗化理论概论》(*A General Theory of Secularization*,1978)一书中,将世俗化定义为伴随着工业化、城市化和其他一系列社会体制的"分化"而出现的"普世进程"。马丁的"分化"概念可以用柏格所谓的"神圣帷幕"的解体①来理解。社会制度的多元化将价值与规范分为多个领域,宗教制度内部的分化则造成宗教的私有化。卡萨诺瓦、马丁和柏格的"分化"理论都突出了"世俗化"词源中世俗与宗教领域在空间和法律意义上发生的转移,这个转移亦体现为断裂。

从上述分析可以看出,世俗化理论一方面倾向于强调世俗与宗教领域的断裂,另一方面,它也体现出一种普世叙述的倾向,以及对地域和时间多样性的忽视。这些特点反映出二十世纪中期兴起的世俗化理论所承载的强烈的启蒙思想遗产,这为二十世纪末出现的反世俗化理论风潮埋下了伏笔。从启蒙时代开始,几乎所有进步或激进的知识分子都会秉持

---

① 见 Peter Berger, *The Sacred Canopy: Elements of a Sociological Theory of Religion*. Anchor, 1967。

一种世俗化的规范性理想。康德对"启蒙"的定义即"启蒙运动就是人类脱离自己所加之于自己的不成熟状态"。从伏尔泰到孔德,从费尔巴哈到马克思,世俗化话语都与一种进步的世界观相关,展现出其旺盛的生命力。这种情况在二十世纪初得到了改变。伴随着第一次世界大战的进行,"世俗化"作为一种进步话语失去了其曾有的光环,而只在新生的仍有理想主义残留的社会学学科中得到部分保存。

需要指出的是,社会学学科的奠基人埃米尔·杜尔凯姆(Émile Durkheim,1858—1917)和马克斯·韦伯(Max Weber,1864—1920)在其著作中并没有对神圣与世俗领域作出断裂性的区分。相反,晚期的杜尔凯姆认为,宗教是给予社会以统一性的超历史的恒常存在。韦伯在其所作的以《科学作为志业》(*Wissenschaft als Beruf*,1919)为题的演讲中提出了"世界的祛魅"(die Entzauberung der Welt)的概念。通常认为,韦伯的世俗化理论将世俗化看作一种增益,这种观点忽视了韦伯理论的原语境。"祛魅"的德语原文 entzaubern 是一个否定性的词。韦伯认为(Weber,1922;1988),世俗化是现代社会体制消解神圣秩序的偶然结果,这个过程的发生伴随着认知增益(理性化)和失落,所谓的"失落"指的就是"祛魅"——"祛魅"带来"意义的丧失"。韦伯对工具理性也不持乐观态度,他认为,理性化不一定会增加人对其生活环境的了解;世俗化将带给我们的,在韦伯看来,不过是"冰冷黑暗的极夜"。

二十世纪六十年代兴起的世俗化理论在继承杜尔凯姆和韦伯世俗化理论的过程中压抑并消解了杜尔凯姆和韦伯对"世俗化"的含混态度和其对世俗与神圣领域的纠缠的关注。千禧年前后,在世界文学话语复兴的同时,社会学研究领域出现了一种理论范式转变。1999年,斯达克在《世俗化,安息吧》一文里写道,"在经历了近三个世纪对现在和过去的完全失败的预言和歪曲之后,似乎是时候将世俗化学说抬进失败理论的坟墓,并在那里低声'安息吧'了"(Stark,1999:270)。斯达克在文末引用了彼得·柏格在1997年接受采访时说的一段话:

> 我认为我和大多数其他宗教社会学家在二十世纪六十年代所写的关于世俗化的论述是一个错误。我们的基本观点是,世俗化和现代性齐头并进;现代化程度越高,世俗化程度也越高。这并不是一个疯狂的理论,有证据可以证明这一点,但我认为这基本上是一个错误,当今世界的大部分地区并不世俗。(Berger,1997:974;Stark,1999:270)[1]

柏格是二十世纪六十年代世俗化理论的奠基者之一。1999年,在柏格的《世界的去世俗化:复兴的宗教与世界政治》(*The*

---

[1] 若无特殊注明,本书所有译文皆作者自译。

Desecularization of the World: Resurgent Religion and World Politics)一书的长篇导言里,柏格通过对世纪末世界宗教与政治格局的考察,以实证研究证明了他两年前所作的关于"世俗化理论是个错误""当今世界的大部分地区并不世俗"的论断。两年后,"9·11"事件发生后三周,尤尔根·哈贝马斯(Jürgen Habermas,1929—)在德国发表高调演说,宣布世界已进入"后世俗时代"。哈贝马斯的所谓的后世俗时代指的是宗教与世俗观念并存并展开对话的时代(Habermas,2006)。长久以来,哈贝马斯都是世俗理性的拥护者与代言人,他对"后世俗时代"的界定虽然没有表现出像柏格对世俗化理论的否认那样的戏剧性反转,却体现出他对世俗化规范性理想的深刻怀疑。在社会学研究领域,伴随着世纪之交一系列事件的发生,一种新的关于宗教与世俗的关系的话语被建立起来,其关键词不再是"世俗化"和"祛魅",而是"去世俗化"(Berger:1999)、"再施魅"(re-enchantment,Beck:2008)、"宗教的去私人化"(deprivatization of the religious,Casanova:1994)和"众神的回归"(return of the gods,Graf:2004)。

理论与现实的矛盾是去世俗化理论崛起的一个重要原因——去世俗化理论建立在对全球社会现实的考量与重估之上,但世俗化理论本身的缺陷也是去世俗化理论风潮出现的主要动力。经典世俗化理论所体现出的线性历史观、西方中心主义和对地域与时间多样性的忽视等特点都是其在去世俗化理论范式中受到诟病的焦点。在所谓的"后世俗时代","世俗化"这个一度在社会学和思想史研究中发挥了重要作用的概念是否已失去其作为叙述和分析工具的正当性和有效性？

从目前的研究来看,世俗化概念非但没有被去世俗化理论所消解,反倒是在不断被修改和扩充的过程中获得了持续而旺盛的生命力。柏格对自己提出的理论的倒戈和哈贝马斯对自己理论的修正都提醒我们,很难在世俗化理论家与后世俗化理论家之间画出明确的界限。在一定程度上,去世俗化理论可以被看作对世俗化理论的修改与更正。修改与更正主要体现在以下几个方面:对多样性世俗化与现代性的强调,淡化神圣与世俗领域的界限,对世俗化理论的全面历史化。何塞·卡萨诺瓦近二十年的论作集这三种趋势于一身——这位世俗化理论家的辉煌后世俗事业也许可以帮助我们更好地理解世俗化概念在后世俗时代所获得的改变及其生命力如何得到延续。卡萨诺瓦所关注的是如何用"一个全球的比较视野"来"重新思考世俗化"(Casanova,2006)。在与此主题相关的一系列文章(2006;2009;2011)里,卡萨诺瓦提出了"多样现代性"(multiple modernities,2011:263)的概念。与此同时,他也提醒我们世俗与神圣领域的缠绕关系:在世俗化的"历史进程中","宗教与世俗有着不可分割的联系,而且两者相互塑造"(Casanova,2006:104)。塔拉勒·阿萨德(Talal Asad,1932—)在他被广泛引用的《世俗的形成:基督教、伊斯兰和现代性》(*Formations of the Secular: Christianity, Islam, Modernity*, 2003)一书中对世俗与宗教领域的紧密联系亦和有着精彩的阐释："'世俗'一度是神学话语的一部分（saeculum）"，之后"'宗教'被世俗的政治和科学话语所塑造而成为了一个历史概念"（Asad, 2003:193）。这里，阿萨德援引了"世俗"的词源意思。《世俗的形成》的标题中，"形成"用的是 formation 的复数形式，和卡萨诺瓦的"多样现代性"呼应。查尔斯·泰勒（Charles Taylor, 1931—）也是多样性世俗化理论的倡导者，在其著名的《世俗时代》(*A Secular Age*, 2008)一书中，他对"世俗时代"的定义之一是"从一个对上帝的信仰不受挑战、不成问题的社会向一个信仰上帝是众多选择之一且不容易被接受的社会的转变"（Taylor, 2008:3）。在泰勒的论述中，"神圣"与"世俗"的边界亦难以划分。

"世俗"的词源—历史意义中所包含的"世界"在时间与空间维度上的意涵，在去世俗化浪潮下被不断修正的世俗化概念所强调的"神圣与世俗并存"与"多元历史化进程"——这些方面不但和我们对"世界文学"的定义有着密切的关系，也对我们重新思考"文学"和"世界文学"具有重要的意义。

三、"世俗批评"和《新科学》

2013年，《比较文学》杂志（*Comparative Literature*）推出

一期以《阅读世俗主义》(Reading Secularism)为题的特辑,主编米歇尔·阿兰(Michael Allan)在其《导论》部分提出这样的发问:"如果说民族和语言是'比较'的主要框架,那么,对像宗教这样的概念给予更多的关注会如何鼓励我们以其他方式想象世界文学呢?"(Allan,2013:259)

十年过去了,阿兰的问题并没有引起比较文学学者的足够重视。对"世界文学"的讨论早已超越了民族和语言的框架,纳入了诸如生态批评、数字人文、情感理论和后人类主义等更宽泛的伦理与美学维度,但从世俗化角度讨论"世界文学",这在关于"世界文学"的论争中仍然可以说是缺失的。对文学、宗教和历史关系的思考是批评理论的重要组成部分,因此也是现代文学批评的重要组成部分,但值得注意的是,"文学"对自身与"世俗化"的关系却缺乏反思,这与现代文学体制的建立和我们对"文学"的现代理解有着密切的关系。

现代文学批评中的"文学"本身是世俗化的产物——我们对"文学"的理解,包括对诗歌、小说、散文、戏剧的文学体裁划分都源于十八世纪法国的"美文"(belles-lettres)的概念。不仅如此,现代文学批评体制也是世俗化的产物。杰拉尔德·格拉夫(Gerald Graff,1937—)在其《以文学为业:一部体制史》(Professing Literature: An Institutional History, 1987)一书中就叙述了一段世俗化的文学体制史。格拉夫在书中提到,曾几何时,"英语教授和牧师之间的界限模糊,教授/牧师自由切换于两种职业之间",然而,伴随着现代研究型大学的建立,教授/牧师被"世俗化的职业教育者"所取代(Graff,1987:24)。"职业教育者"是一个与韦伯的"世俗化"论述有着密切关联的概念。韦伯认为"职业精神"即一种世俗的禁欲主义,或者说,世俗化的新教伦理。长久以来,现代的"文学"概念和与其相伴出现的现代文学体制都被理所应当地认为是世俗的,但随着"世俗化"概念被重构,关于现代文学研究的世俗化叙事也被重新审视。米歇尔·考夫曼(Michael W. Kaufmann)在《宗教、世俗与文学研究:重新思考职业史的世俗化叙事》("The Religious, the Secular, and Literary Studies:Rethinking the Secularization Narrative in Histories of the Profession",2007)一文中就指出,"文学研究无法再把世俗作为一个叙述文学职业史的无可争辩的、稳固的基础"(Kaufmann,2007:609)。

在比较文学研究领域,将世界文学研究引入比较文学学科主流话语的萨义德在引起学界对"世界文学"注意的同时,也在很大程度上阻碍了学界对世界文学研究的世俗化叙事的反思。在其著名的《世俗批评》("Secular Criticism",1983)一文里,萨义德把文学批评,尤其是比较文学与世界文学研究定性为"世俗批评",这个定性在学界得到广泛传播,但流通过程通常并不伴随对萨义德原文语境的考察,"世俗"通常被顾名思义地认为是与"宗教"相反的概念。在萨义德的运用中,"世俗"确实与

"宗教"相对,但萨义德对"世俗"与"宗教"二词的运用更多地取了二者的喻意。《世俗批评》是一篇充满意识形态批判的论战文,萨义德在文中批判了一切具有霸权(hegemony)的话语,包括当时流行的各种被高深术语充斥的文学理论与文学批评写作方式。他的简短的《宗教批评》("Religious Criticism",1983)也许能更好地帮助我们理解什么是他所谓的"世俗批评"。《世俗批评》是《世界、文本与批评家》(*The World, the Text, and the Critic*)一书的首章,《宗教批评》是此书的最后一章。在《宗教批评》里,萨义德例举了他所定义的"宗教批评":宗教批评是"模糊、抽象、神圣、深奥和神秘"的诸如对"东方、伊斯兰或恐怖主义的宏大概括";"把这种(东方主义)宏大概念和话语与宗教话语同日而语,也就是说它和宗教话语一样,带来话语的终结,阻断人的考察"(Said:1983,290—1)。

《宗教批评》批判的是一种文化,但其中体现出萨义德对宗教的启蒙式理解,这与萨义德对詹巴蒂斯塔·维柯(Giambattista Vico,1668—1744)的《新科学》的解读——或者说误读——是一致的。与其说《新科学》是启蒙时代的一个异数,不如说它体现了启蒙思想内在的多元与模糊。作者维柯在其时代不受待见。维柯出生于意大利那不勒斯,是一个清贫的书商之子,童年时误从梯子上摔下而落得残疾,教育大部分是通过自学。维柯笃信天主教,主攻罗马法与修辞学,他一生潦倒,以教授修辞学的微薄薪金养家,靠谄媚权贵来谋取生存。

《新科学》出版于 1725 年,出版后备受冷落,与维柯一样寂寂无名。《新科学》声名鹊起是在一百多年后。法国史学家儒勒·米什莱(Jules Michelet,1798—1847)是《新科学》的伯乐,米什莱在 1827 年把《新科学》译成法语出版,对《新科学》的传播起了巨大推动作用。《新科学》吸引了众多著名学者成为其追随者,其中包括法国实证主义奠基人奥古斯特·孔德(Auguste Comte,1798—1857)、意大利哲学家贝奈戴托·克罗齐(Benedetto Croce,1866—1952)、德国艺术史家阿比·瓦尔堡(Aby Warburg,1866—1929)、俄裔英国政治理论家以赛亚·伯林(Isaiah Berlin,1909—1997)等。

《新科学》在维柯的时代遭遇冷落并不奇怪。《新科学》全名为《詹巴蒂斯塔·维柯关于各民族共性的新科学原理》(*Principj di scienza nuova di Giambattista Vico d'intorno alla comune natura delle nazioni*),这个题目自然让人联想到几乎与维柯同时代的伽利略(Galileo Galilei,1564—1642)的《两门新科学》(全名为《关于两门新科学的讨论与数学演示》[*Discorsi e dimostrazioni matematiche intorno a due nuove scienze*],1638)、牛顿(Isaac Newton,1643—1727)的《自然哲学的数学原理》(*Philosophiæ Naturalis Principia Mathematica*,1687),还有勒内·笛卡尔(René Descartes,1596—1650)的《哲学原理》(*Principia Philosophiae*,1644)。维柯的《新科学》暗示着所有这些"科学"与

"原理",是在这些科学与原理的滋养下形成的对其的反叛。

值得注意的是,维柯把《新科学》称作一部"关于神圣神意的公民理性神学"。"神意"与"世俗"的关系是《新科学》这部巨著的基础性框架。维柯对"神意"的态度并非如萨义德所言,是不得已的遵循,"维柯深知,在一个充满教士的时代,神必须被尊敬并公开赞颂"(Said,1983:291),相反,正如卡尔·洛维特(Karl Löwith,1897—1973)和奥尔巴赫指出的那样,维柯对"神意"的态度是真实的虔诚。洛维特在其著名的《世界历史与救赎事件》(*Weltgeschichte und Heilsgeschehen*, 1953)一书中把维柯视为在雅克-贝尼涅·博须埃(Jacques-Bénigne Bossuet,1627—1704)之后、伏尔泰之前发生的"历史大危机"的代表人物。所谓的"历史大危机"指的是欧洲历史上的宗教与信仰危机。

> 维柯,一个虔诚的天主教徒,几乎没有意识到他的《新科学》的革命性意义,他关于没有虔诚就没有科学或智慧的陈述当然不是对教会的让步(现代解读者往往这样理解),而是一种纯然的真诚。(Löwith,1953:127)

在欧洲思想史,特别是世俗化叙事中具有特殊地位的《新科学》以它对"世俗化"的充满悖论的论述为我们在后世俗时代重访世俗化理论提供了契机,也为我们重新审视世界文学研究提供了绝佳的文本。维柯的《新科学》对比较文学学科的塑造性力量以及它对世界文学研究的影响不可小觑。著名比较文学学者埃里希·奥尔巴赫和大卫·达姆罗什的世界文学研究都受到《新科学》的影响。萨义德对维柯人文主义是世俗人文主义的论断和他对奥尔巴赫"世俗批评家"身份的定性，在很大程度上影响了我们对世界文学研究中历史人文主义一脉的理解。本书通过对奥尔巴赫和达姆罗什的世界文学研究的考察，探究何为"世俗"、何为"文学"、何为"世界文学"。

四、本书结构

　　本书是中英文世界第一部从世俗化理论角度出发深入研究世界文学话语的专著，也是第一部从世界文学研究的角度介入当代世俗化理论讨论的著作。基于对奥尔巴赫和达姆罗什的世界文学研究的考察，本书提出的观点在中文和英文学界都具有原创性。

　　本书分为两部分，每部分包含三章。第一部分的关键词是"历史"，第二部分的关键词是"文字"。第一部分从《摹仿论》的两希文学对比的框架入手，挖掘出《摹仿论》中隐藏的对德国浪漫主义和唯心主义传统的暧昧态度。第二章从奥尔巴赫与克罗齐(Benedetto Croce，1866—1952)关于《新科学》是否"世俗"的论争谈起，重构出奥尔巴赫建立在《新科学》基础之上，同时又背弃了《新科学》的世界历史观。第三章通过对《摹仿论》的阅读,考察奥尔巴赫不同于黑格尔的历史哲学也不同于维柯的历史观,但又处处见两者痕迹的"喻象论"。本书的第二部分重点探析达姆罗什的世界文学研究。第四章从维柯对"国族"与"世界"的具有颠覆性的词源学解释入手,探究维柯的解释背后的《旧约·创世记》的内涵与框架。第五章从对达姆罗什提出的契约概念的考究入手,分析达姆罗什的学术著作中涉及的关于"作者""起源"和"契约"的思想。第六章结合对《什么是世界文学?》的考察,分析达姆罗什的"世界文学"与其"文字世界"思想的联系,提供一种较新颖的理解达姆罗什的"世界文学"的角度与方式。这一章从《什么是世界文学?》对德里达的呼应谈起,结合达姆罗什对他的老师保罗·德曼(Paul de Man)的评判,剖析达姆罗什如何运用《新科学》的思想资源,创造性地探索走出结构主义与解构主义的理论困境。

  本书结合文本研究与历史比较研究的方法,通过对维柯的《新科学》和奥尔巴赫与达姆罗什的世界文学研究的考察,加深我们对世俗化理论和世界文学研究的理解,揭示出世俗化、文字和作者等主题在世界文学话语建构中的重要地位及其对扩展比较文学视野的重要意义。世俗化与世界文学研究的关系是一个深具潜力、有待挖掘的主题,本书是笔者关于此主题的初步探索。在后世俗时代与后人类世纪,重返《新科学》,省思世俗化理论、历史人文主义和"世界文学",对我们理解当下具有重要意义。

第一部分

"'世俗'批评"?

——《新科学》《摹仿论》与奥尔巴赫的伤疤

离开纳粹德国前,著名罗曼语专家、比较文学学者埃里希·奥尔巴赫(Erich Auerbach,1892—1957)在《新苏黎世时报》上读到好友瓦尔特·本雅明(Walter Benjamin,1892—1940)所著《柏林童年》的片段,欣喜不已,遂致信本雅明:"多么让人高兴!你还在这儿,在写作,用一种语调唤起对早已逝去家园的回忆!"(Elsky, Vialon and Stein, 747)彼时,本雅明在巴黎流亡,奥尔巴赫在罗马"度假"——他在马尔堡大学的教职已岌岌可危;不仅二人的柏林童年已灰飞烟灭,当下的德国社会也在迅速崩离。一年后,奥尔巴赫开始了被后世学者津津乐道的土耳其流亡(1936—1947),后又辗转到美国(1947—1957),直至去世。在伊斯坦布尔,奥氏写下了比较文学与世界文学的经典作《摹仿论:西方文学中的现实再现》(1946,以下简称《摹仿论》)。

奥尔巴赫作为比较文学学科塑造者、世界文学研究领路人的地位与爱德华·萨义德的"发掘"有着密切的关系。萨义德视奥尔巴赫为知己,尊奥尔巴赫为"世俗批评家"(Said,1983)的楷模。萨义德以降的奥尔巴赫批评大致围绕两个关键词展开,即"世俗"(secular)与"流亡"(exile),而流亡即现代知识分子充满戏剧性的世俗命运。英语与德语学界的奥尔巴赫研究虽侧重点不同,但大体不离其宗,这从两本重要的论文集可窥见一斑。

由马尔堡大学德语系教授沃尔特·布什(Walter Busch)与格哈特·皮克洛特(Gerhart Pikerodt)主编的《感知·阅读·理解:奥尔巴赫阅读现代性》(*Wahrnehmen, Lesen, Deuten. Erich Auerbachs Lektüre der Moderne*,1998)是在马尔堡召开的《摹仿论》德语版出版五十周年纪念学术会议的论文成果。此文集以奥尔巴赫的流亡为个案,进而展开对德国民族主义、罗曼语文学研究传统与现代性的反思。与该书成镜像关系的是在德语版《摹仿论》问世五十周年出版、由美国中世纪与文艺复兴研究学者塞斯·勒雷尔(Seth Lerer)主编的《文学史与语文学的挑战:埃里希·奥尔巴赫的遗产》(*Literary History and the Challenge of Philology: The Legacy of Erich Auerbach*,1996)。

勒雷尔的文集同样关注奥氏的遗产,同样以奥氏的流亡为线索,但与其德国同行不同的是,勒雷尔聚焦于奥尔巴赫的文学史观与语文学研究的世俗性,通过奥氏在空间与时间上的流亡贯穿起二者间的张力。近年来,学界对奥氏的关注仍然在"世俗"与"流亡"的变奏下进行,但奥氏的流亡英雄形象日益受到学者的质疑。土耳其裔德国学者卡德尔·科努克(Kader Kanuk)在其《东西摹仿论:奥尔巴赫在土耳其》(*East West Mimesis: Auerbach in Turkey*, 2010)一书中重构了奥氏的土耳其流亡史。科努克指出,奥氏的流亡岁月并不孤独落魄,相反,他身边既不乏志同道合的朋友,也不缺像样的图书馆。艾米丽·艾普特的批评更为尖锐,她认为,学界对奥氏"流亡"的关注本质上是一种"恋物崇拜"(fetishism)(Apter, 2006:59)。大卫·达姆罗什(David Damrosch)也在不同场合表达出对学界膜拜"流亡"的警醒(2000;2005)。

相较于"流亡"奥尔巴赫的神话,"世俗"奥尔巴赫的迷思似乎更难被打破。书写奥尔巴赫的萨义德书写的是其本身的激进人文主义。萨义德所定义的"世俗"确切地说并不是宗教的对立面,但他成功塑造了一个专注于——只专注于——人间的奥尔巴赫形象。"世俗批评"理念的流通并不总伴随对萨义德原语境的关注成对奥尔巴赫的背景的体察。在《人文主义与民主批评》一书中,萨义德写道,"人文主义的核心是这样一个世俗观念,即历史世界是由人创造的,而不是由上帝创造的,它可以被维柯在《新科学》中提出的原则来理性地理解"(Said, 2003:11)。这句话是萨义德把奥尔巴赫称为"世俗批评家"的重要依据之一。"人文主义"

是一个宽泛的概念,萨义德这里所说的"人文主义"是维柯的人文主义,他所引用的"历史世界是由人创造的"这句话出自奥尔巴赫翻译的维柯《新科学》(*Scienza Nuova*)的德语版节译本(1925)。维柯的原文是:"这个公民世界(questo mondo civile)当然是由人创造的,因此,它的原理可以被发现"(Vico,2013[1744]:386)。奥尔巴赫把"公民世界"译为"历史世界"(diese historische Welt,Vico,1924:26),从而把一个政治与伦理概念转变为历史概念——他在《新科学》中看到的是一种可以用来抵抗与纠正德国历史主义传统的思想资源。

萨义德关注的也是历史,但在他的引文里,他加了一句在维柯的原文和奥尔巴赫的译本中都没有的话——"而不是由上帝创造的"。这是萨义德的理解。《新科学》虽然谈的是非犹太(gentile)民族的历史,但"神意"是《新科学》的基石,维柯把《新科学》称作一部"关于神圣神意的理性公民神学"(una teologia civile ragionata della provvidenza divina)。奥尔巴赫在对《新科学》的一系列解读中突出的也是《新科学》中的"神意"。奥尔巴赫对《新科学》的阐释与演绎是他建构其世界文学巨厦《摹仿论》的"出发点"和"抓手"(ein Ansatz; eine Handhabe)(Auerbach,1952:308)。重访奥尔巴赫对《新科学》的论述对理解一系列与奥尔巴赫有关的和由他引申出的相互勾连的议题——世俗化、世俗批评、历史人文主义和世界文学——具有重要的意义。

本部分分为三章,关键词是"历史"。第一章从《摹仿论》的两希文学对比的框架入手,挖掘出《摹仿论》中隐藏的对德国浪漫主义和历史主义的批判话语。《摹仿论》体现了奥尔巴赫作为一个"信仰犹太教的普鲁士人"对德国浪漫主义与历史主义的暧昧态度。第二章从奥尔巴赫与克罗齐关于《新科学》的论争谈起——奥尔巴赫批评克罗齐对《新科学》的世俗化解读,认为神意才是《新科学》的第一义,在此基础上,此章结合对奥尔巴赫的德译本《新科学》的分析与对其关于维柯的系列文章的考察,重构出奥尔巴赫的建立在《新科学》基础之上的历史观;此章进而指出,《新科学》中犹太史与非犹太史的断裂使得奥尔巴赫在接受《新科学》的同时也背弃了《新科学》。第三章通过对《摹仿论》的阅读,考究奥尔巴赫如何结合《新科学》的非线性历史观和阅读美学与奥古斯丁的神学,而发展出一套不同于德国历史主义但又处处见其影响与痕迹的"喻象论",而《摹仿论》则可被视为一部破碎的成长小说。

维柯的《新科学》是奥尔巴赫文学批评的重要思想资源,但以《新科学》为抓手对奥尔巴赫文学批评的"世俗性"与其世界文学史观做整体性考察的研究却仍待出现。这存在三方面原因。

其一,维柯研究并不成熟,而奥氏的维柯论又较零散,这在一定程度上解释了为什么学界对《新科学》与奥氏学术的关系的探索长期处于整理与介绍阶段。弗里茨·沙尔克(Fritz Schalk)编辑的奥氏文集(1967)与雷内·韦勒克(René Wellek)对奥氏的维柯研究的梳理(1978)为我们理解奥氏的维柯论奠定了基础,但这方面研究的突破性进展的出现是在千禧年后。彼得·哥尼希(Peter König)、索拉·伊林·拜尔(Thora Ilin Bayer)与唐纳德·菲利普·韦伦(Donald Phillip Verene)的维柯研究(König 2013;Bayer and Verene 2009)、马丁·维阿隆(Martin Vialon)对奥尔巴赫书信的整理(2007;2011;2014)、詹姆士·艾·波特(James I. Porter)与简·欧·纽曼(Jane O. Newman)对奥氏文集的编辑译介(2014)等,这些都为我们深入理解《新科学》与奥氏学术的关系提供了契机。

其二,奥尔巴赫是一位多面的、难以被界定的学者,他常被与莱奥·斯皮策(Leo Spitzer,1887—1960)和恩斯特·罗伯特·库尔提乌斯(Ernst Robert Curtius,1886—1956)并提,他亦被与奥古斯丁与阿奎纳并论;他的犹太哲学、"喻象(figura)论"、文学史观、《新科学》论等在不同的学科语境下被分门别类地研究,学界尚未在其思想的各方面之间建立起深层的联系,本书试图在这方面做出尝试。

其三,奥氏的世界文学研究以一种独特的文学整体观为支撑,这集中体现在其集大成作《摹仿论》中,然而,大部分对

《摹仿论》的研究集中在对其单个章节的分析之上①,对奥氏的世界文学观的考察则聚焦于奥氏暮年所作的《世界文学的语文学》(1952)一文②。把《摹仿论》作为整体来阅读的研究并不多见,其中,韦勒克的《摹仿论》评论(Wellek,1954)、达姆罗什的《流亡中的奥尔巴赫》("Auerbach in Exile",1995)、萨义德为英文版《摹仿论》五十周年纪念版所作的序言(2003)等皆论述宏富,但《新科学》和"世俗化"并非学者们关注的焦点。本部分的讨论将以对《摹仿论》的分析贯穿始终,讨论的起点和《摹仿论》的起点一样——都源于一个"伤疤"。

一、"如果……歌德不是歌德……"③:奥尔巴赫的伤疤

熟悉《摹仿论》的读者会记得《摹仿论》的第一章《奥德修

---

① 相关研究参见 Frank-Rutger Hausmann 对蒙田章节的讨论("Michel de Montaigne, Erich Auerbachs, Mimesis' und Erich Auerbachs literaturwissenschaftliche Methode"); Hans-Jörg Neuschäfer 对《堂吉诃德》章节的分析(",Die verzauberte Dulcinea.'Zur Wirklichkeitsauffassung in, Mimesis' und im, Don Quijote'"); Isolde Schiffermülle 对伍尔夫章节的评议(",Das letzte Kapitel der , Mimesis'. Pathos und Erkenntnis in der Philologie Erich Auerbachs")(Busch and Pikerodt, 224—239; 264—286); Hans Ulrich Gumbrecht 对但丁章节的分析("'Pathos of the Earthly Progress': Erich Auerbach's Everydays"); Seth Lerer 对《亚当与夏娃》章节的考析,("Philology and Collaboration: The Case of Adam and Eve")(Lerer, 13—35; 78—91)。

② 这方面具代表性的研究见 Aamir Mufti, "Erich Auerbach and the death and life of world literature"(Damrosch, D'haen and Kadir, 71—80); "Auerbach in Istanbul: Edward Said, Secular Criticism, and the Questions of Minority Culture"(Mufti); Apter 2006。

③ 本书中的《摹仿论》引文引自德文版第二版(1959)。

斯的伤疤》。《摹仿论》以一段突兀的归来开篇：奥德修斯乔装返乡，乳母欧律克勒亚与妻子佩涅洛佩都没认出他；欧律克勒亚按佩涅洛佩的吩咐为奥德修斯洗脚，当她的手触碰到奥德修斯的脚上因少年时代被野猪攻击而留下的伤疤时，她立刻认出了眼前的主人、惊喜交集，任他的脚掉入脚盆、水花四溅；奥德修斯压低嗓音，连哄带威胁稳住了欧律克勒亚，雅典娜的先见之明则让佩涅洛佩没有发现这戏剧化的一幕。

与其称《摹仿论》为一部现实主义理论，不如说它是一本现代主义小说。这个简短的开篇即涵盖了一系列现代主义小说的主题：创伤、记忆、返乡、流亡、身体。这些主题似经线般编织起《摹仿论》。库尔提乌斯认为《摹仿论》是一部理论著作，对此，奥尔巴赫在《〈摹仿论〉余话》("Epilegomena to Mimesis")(1953)中反驳道，"《摹仿论》'不是理论建构'"，又说，"如果可以，我什么概念都不会用"，包括"现实主义"这个词(2003:562;572)。奥氏不把自己与库尔提乌斯和路德维希·埃德尔斯坦(Ludwig Edelstein, 1902—1965)相提并论，倒把普鲁斯特与乔伊斯视为另我。根据《摹仿论·后记》的意思，《摹仿论》并不是什么堂皇的理论巨著，而不过是对任意瞬间的随意捕捉。当然，这是作者的意思，至于《摹仿论》是否如此随性，倒也未必。

就好比第一章，开篇讲一位经典的流亡英雄的归来，似乎与作者的境遇形成巧妙的对应，又似乎是作者被压抑欲望的表达,但如果把奥德修斯视为英雄或作者的双重身,就立刻能感受到作者的狡黠——众所周知,奥德修斯并非《奥德修斯的伤疤》的主人公。《奥德修斯的伤疤》实则讲亚伯拉罕献祭,荷马史诗作为对照,衬托出《圣经·旧约》的好处。奥尔巴赫认为,荷马史诗只有前景,没有背景,它"将现象做外化的呈现,现象的每个部分都可见可触,被完全固定在它们的时空关系中"(1959:8),《圣经》则不仅有前景与背景,其人物也比荷马史诗的人物"在时间、命运与意识上更具深度"(1959:14)。这个著名的两希比较因其不断被学者们引述而获得了经典的地位,但它本身充满了问题。比起后代学者,《摹仿论》早期的评论者对其中的问题更为敏感。埃德尔斯坦在其书评(1950)中指责奥尔巴赫将两希文学对立,称奥氏"用三言两语打发希腊文学"(Edelstein,428),埃德尔斯坦认为,"希腊文学与基督教文学表现出汇流而非对立的趋势"(429)。赫尔穆特·哈茨菲尔德(Helmut Hatzfeld,1892—1979)也认为奥氏对荷马史诗的评价有欠公正:"奥尔巴赫忽略了荷马史诗中神的持续介入,这给了荷马史诗象征性的深度,而奥氏却一意证明荷马史诗是对毫无问题的生活的简单接受"(1949:334)。

　　埃德尔斯坦与哈茨菲尔德言之成理,但奥尔巴赫对此并非没有预见。对比两希文学不是奥尔巴赫的发明,将荷马史诗作此般呈现也有传统可循,这个传统奥尔巴赫在行文中已为读者点明,但历来未引起学者注意①。在一段绘声绘色的开篇后,奥尔巴赫笔锋一转,形容荷马对奥德修斯返乡的呈现,"所有这一切都被精确地外化、悠闲地叙述"(1959:8)。这里,奥氏用了"悠闲地"(mit muße)一词,为紧接着引述歌德与席勒的通信埋下伏笔。

> 歌德与席勒在他们1797年四月底的通信中虽然没有提及这个片段,但却论及了荷马史诗中的"迟缓性"(das Retardierende),"迟缓性"是"紧张感"(das Spannende)的反面——虽然他们没有用"紧张感"这个词,但"迟缓"的过程作为史诗的特点与悲剧的过程相对,就已经暗示了悲剧的"紧张感"。(1959:7)

奥尔巴赫这里引用的是歌德与席勒的通信《关于史诗与戏剧诗》("Über epische und dramatische Dichtung")(1797)。这篇通信对欧洲美学影响深远,但长久以来,学界对它的兴趣绝大部分集中在其作为史诗与戏剧理论的运用价值上。② 在通

---

① 皮克洛特有专文讨论奥尔巴赫与德国文学的关系的文章(见 „Schiller, Goethe und die Folgen. Erich Auerbachs Kritik der deutschen Literatur", Busch and Pikerodt,249—263),但皮克洛特并未注意到奥尔巴赫引用的歌德与席勒的通信,也未贯穿起奥尔巴赫与德国历史主义的联系。
② 笔者就歌德与席勒的通信对欧洲美学的影响有详细的分析,见 Y. P. Zhang,"The Art of Cunning:Georg Lukács,Mikhail Bakhtin,and Soviet Socialist Realism." *Journal of European Studies* 51(1)(2021):1—23。

信中,歌德与席勒以荷马史诗与希腊悲剧为基础,建立起史诗与戏剧的对比:史诗作者用迟缓与冷静(in ruhiger Besonnenheit)的方式表现已发生的事件,戏剧诗人以充满悬念的方式把事件表现为正在发生的状态;史诗把人物外在化,戏剧把人物内在化(Goethe,1902—7[1797]:149—52)。类似的分类与描述也出现在黑格尔的《美学》中:黑格尔的"最完美的艺术"(Hegel,1975:197)被分为"史诗""戏剧诗"与"抒情诗",其中,戏剧诗结合史诗的外在化与客观性和抒情诗的内在化与主观性,是最"高级"的艺术形式(Hegel,1975:205)。对歌德与席勒的通信最具体与成熟的美学发展是格奥尔格·卢卡奇(György Lukács,1885—1971)的《小说理论》(1916)。皈依马克思主义前,卢卡奇用诗性语言写就的黑格尔式的历史文类论是在一战的满目疮痍中寻找新世界的尝试。《小说理论》在二十世纪上半叶的欧洲思想界——特别是德语文化圈——有着崇高的地位。歌德与席勒对史诗与悲剧的对比给予了《小说理论》基本架构,卢卡奇不断追问的,是为什么在一个"完全罪恶的时代"(Lukács,1971:18)悲剧仍然存在,而史诗却要被小说替代?他的答案是——因为史诗是外化的经验,而戏剧则给予本质以形式。这个结构与假设同样出现在卢卡奇二十世纪三十年代写作的马克思主义文论《历史小说》(1937—8)中,是《历史小说》的基石。

克劳斯·乌利希(Claus Uhlig,1936—2015)、皮克洛特、

达姆罗什、韦勒克等学者都提醒我们注意奥尔巴赫作品中的德国思想传统,但都没有深究。奥尔巴赫对这个传统持怎样的态度?这个问题值得追问。在以上这段备受忽略的引文里,奥氏看似采用了歌德与席勒对史诗的界定("悠闲地"对应"延缓性"),实则对其表现出与歌德和席勒不一样的价值评判。米哈伊尔·巴赫金(Mikhail Bakhtin,1895—1975)在他著名的《史诗与小说》(1941)一文中也引用了歌德与席勒的这篇通信,巴赫金巧妙地挪用了歌德与席勒的概念,不但把史诗与戏剧的二分转化为史诗与小说的对照,还把歌德与席勒描述的表现"完全过去"事件的"史诗"偷换成向现时封闭的"完全过去"的"史诗"(Bakhtin,1981:13)。奥尔巴赫没有巴赫金那样狡猾,他对歌德与席勒的文本的介入要直截了当得多。奥尔巴赫认为,荷马史诗对现实的再现确实是迟缓的、悠然的,但这并不是优点,"但在我看来,'迟缓'的印象的真正来源在别处,即荷马文体不把任何提到的事置于半明半暗、不被外化的状态"(1959:7)。这个"不"不是中性的描述,而意味着能力上的不及、不能够。歌德与席勒笔下的荷马史诗是一个和谐、统一与完整的世界,黑格尔赞美荷马史诗的"行动的平衡与完整性",卢卡奇对"希腊的和谐"与"纯洁"心向往之,哀悼失落的天真,奥尔巴赫则认为荷马史诗的完整与天真正是它的不足。荷马史诗的完整与天真是奥尔巴赫的著名的关于"历史视角主义"(historical perspectivism)的论述的反面,即对真实的缺乏角度的偏离。

  阅读《摹仿论》可以感受到一种影响的焦虑。虽然《摹仿论》的概念纠结缠绕,奥尔巴赫却试图不可能地摒弃所有概念。《摹仿论》摆脱不了《小说理论》,也摆脱不了《精神现象学》,但在每一页背后都能听到一个声音:"我不是卢卡奇""我不是黑格尔""我不是赫尔德"……更为明确地,"如果……歌德不是歌德……"(1959:420)。《小说理论》里有一段这样写道:

  生活怎样变成本质?如果没人比得上荷马,或连接近他也提不上(严格地讲,只有荷马史诗才是史诗),那是因为在人类意识进入历史进程、容许这个问题被提出之前,他已经找到了答案。(Lukács,1971:30)

这是黑格尔与克尔凯郭尔(Søren Kierkegaard,1813—1855)的融合。荷马史诗被看作人类历史开始前的被佑护的完满状态,是历史开始的开始,也是最终需要被找回的状态。卢卡奇是《摹仿论》的对话者之一,韦勒克很清楚这一点,但他却不明白为什么奥尔巴赫说《摹仿论》是存在主义,又说它是现实主义(Wellek,1954)——答案或许可以从《摹仿论》与《小说理论》的互文性中寻找。《摹仿论》第一章就暗藏了对卢卡奇的回应:"荷马所有的素材都是传说,而《旧约》的素材随着叙述的推进越来越接近历史。"(1959:21)

接着,奥尔巴赫对传说与历史做了仔细的区分:

> 区分历史与传说很容易。它们的结构不同。即使传说没有从它奇幻的因素、对千篇一律动机的重复、典型的模式与主题、对时空细节的忽略等方面立刻显现出它的面目,一般而言,从它的结构上就能辨识出它。传说的发展太过平缓……我们见证的或通过其他见证者了解的历史事件的发展要矛盾、复杂、迷乱得多。(1959:21—22)。

通常认为,《摹仿论》是一本不提当下的书,文学理论家保罗·波维(Paul A. Bové, b. 1949)在《权力中的知识分子:批判人文主义谱系》(*Intellectuals in Power: a Genealogy of Critical Humanism*, 1988)一书中就因此认为,奥尔巴赫对待当下的消极使得他难以克服自由人文主义与法西斯主义的"不可避免的同谋"(Bové, 307)。奥尔巴赫确实很少提当下,但在这里,当下潜入了《摹仿论》:

> 我们思考我们亲历的历史,任何人在评价德国纳粹主义崛起时个人与集体的行为、在评价战前与当下(1942)各民族与国家的行为时,都会感到再现历史主题有多么艰难,而这与传奇有多么格格不入……书写历史是如此困难,以至于大部分历史学家都被迫做出让步,写

作传说。(1959:22—23)

把这几段与《小说理论》相联系会发现,奥尔巴赫对卢卡奇的回应不动声色却惊心动魄。奥尔巴赫的言下之意无异于:"天真"的古希腊不但不是历史的圆满起点,"平缓"的荷马史诗还是历史的反面、传说的祖先、德国纳粹党书写历史的方式。纳粹对古希腊文学的挪用众所周知,但值得注意的是,在这里,奥尔巴赫的批判不仅针对纳粹对历史的操控,还指向卢卡奇、黑格尔、歌德和席勒的世界史和世界文学史。奥尔巴赫也许会认同波维的论断,但不会认同他给出的理由:他确实是法西斯主义的"不可避免的同谋",但这是因为,即便他竭尽全力摆脱德国浪漫主义与古典哲学的影响,他仍是这个传统的继承者,《摹仿论》仍然是一本德国之书——他不是无辜的。没有人是无辜的,包括歌德——特别是歌德。奥尔巴赫是歌德的忠实读者,他一生对歌德充满了敬意,但《摹仿论》对歌德评价平平,奥尔巴赫写道,歌德总脱不了批评的语气与惋惜的调子。在《乐师米勒》一章中,奥尔巴赫这样写道:

我们的结论是,歌德从未把当代社会生活的现实作为当下与将来发展的萌芽作动态的呈现。当他处理十九世纪的走向时,他总是作概述,几乎总是价值评价,且绝大部分是持怀疑与否定的态度……我们知道,歌德也远离政治爱国主义，如果当时的条件更利于这种爱国主义的发展，这很可能为当时的德国社会带来统一。如果是这样，或许，这也会为德国更平静、更少不确定性与暴力地融入欧洲与世界正在形成的新现实做准备。（1959：419）

有意思的是，奥尔巴赫在这里对歌德的批判用的是卢卡奇《历史小说》的语言。他对歌德的批评也是对德国历史的反思——如果歌德能少一点古典趣味与贵族气质，如果他能融入群众、投身于历史，也许德国文学与德国社会乃至世界文学与世界史都会有不一样的走向与面貌。奥尔巴赫最终发出了"如果歌德不是歌德"的慨叹，自嘲道，"如果希望歌德不是歌德，那就太愚蠢了"（1959：420）。

奥尔巴赫把历史的错误走向归咎于歌德，未免偏激，他对歌德作品的评价也有失公允，但如果我们了解奥尔巴赫的自我身份定义，也许我们能更好地理解其中的复杂情绪。奥尔巴赫在1921年递交的博士论文的《简历》中写道："我是一个信仰犹太教的普鲁士人。"这是个充满矛盾的、悲剧性的身份。奥尔巴赫终其一生没有改变这个身份认同。二十世纪三十年代中期，在德意志基督徒（Deutsche Christen）团体的影响下，亚伯拉罕献祭的章节因其与基督牺牲的联系而从德国历史教科书中被清除。事实上，在许多教区，整部《旧约》都从教科书中消失。德意志基督徒团体是德国福音会教派的一个分支，因其与纳粹党的亲密关系而对德国社会产生了与其人数不相符的巨大影响①。此时，流亡土耳其的奥尔巴赫把亚伯拉罕献祭作为他的世界文学史的起点，把"在时间、命运与意识上更具深度"的《旧约》——而非"迟缓"的《奥德修斯》——作为对"矛盾、复杂、迷乱"的历史真实的真实呈现，这是与一个置身事外的绅士学者形象不能连同的反叛者姿态，没有比这更具对抗性与挑战力的，也没有比这更平静、"悠闲"，却也更有力、充满"紧张感"的对文学史的重写。

打破"悠闲"与"紧张感"的对立的不仅是《摹仿论》的行文，或者说，其行文只是其意图的一种表达方式。解构"史诗"与"悲剧"的对立是奥尔巴赫对歌德与席勒的第二击，也是更根本的一击。奥尔巴赫在《奥德修斯的伤疤》里写道：

> 席勒和歌德都把荷马的方法提升为史诗的总则……但无论现代还是古代，都有重要的史诗作品从头到尾都没有他们所谓的"迟缓性"，相反，这些作品倒是从头到尾都充满紧张感，自始至终"剥夺我们的精神自由"，而席勒

---

① 关于德意志基督徒团体在纳粹德国时期的影响，参见 Doris Bergen, *Twisted Cross: The German Christian Movement in the Third Reich*, Chapel Hill: University of North Carolina Press, 1996; Susannah Heschel, *The Aryan Jesus: Christian Theologians and the Bible in Nazi Germany*, Princeton: Princeton University Press, 2008。

只承认悲剧诗人有这样的能力。(1959:7)

把荷马的方法提升为史诗总则的不止席勒与歌德,卢卡奇也讲,"严格地讲,只有荷马史诗才是史诗"。奥尔巴赫认为,在不守总则的"重要的史诗作品"中,《圣经》是最具代表性的例子:

但在这里,在亚伯拉罕献祭的故事里,有着让人窒息的紧张感;席勒保留给悲剧诗人的能力——剥夺我们的精神自由,把我们的内在力量(席勒说"我们的使命")导向、聚集于一边——在圣经叙事里得到了实现,《圣经》当然应该被视为史诗。(1959:13)

奥尔巴赫不但用《圣经》取代了荷马史诗的史诗地位,他同时也改变了史诗的定义——悲剧性或"紧张感"恰恰是奥尔巴赫界定史诗的标准。在《摹仿论》的《后记》里,奥尔巴赫写道:"我关心的不再是现实主义,而是现实主题在多大程度上、以怎样的方式被严肃地、充满问题地或悲剧性地处理。"(1959:517)《摹仿论》处理的文本便是这悲剧性的史诗,只是悲剧性的方式与程度不同。值得注意的是,奥尔巴赫这里所说的悲剧性与歌德与席勒所定义的悲剧不同——奥尔巴赫意义上的悲剧性或紧张感是犹太基督文化传统中介于世俗与神意间的悲剧性与紧张感——所以,他也改变了歌德与席勒对悲剧的定义。

暮年的奥尔巴赫在《〈摹仿论〉余话》中有一段自白:

> 《摹仿论》试图理解欧洲,但它是一本德国之书,这不仅是因为它是用德语写就的……(也因为)只有在德国浪漫主义与黑格尔的传统下才能想象这本书。(2003:571)

此时,奥尔巴赫已与其德国身份与思想传统达成彻底和解,而帮助他完成这个过程的,是他寻找到的"代理父亲"——维柯。

二、"历史世界"、语文学、"关于神圣神意的理性公民神学"与黑格尔的幽灵

1924年,青年奥尔巴赫翻译的德语删节版《新科学》出版,这是奥尔巴赫的第一部代表作,可以说也是奥尔巴赫研究中迄今最受忽视的一部奥尔巴赫作品。在此书的译者前言里,奥尔巴赫引用了《新科学》中的一段话:

> 距离我们如此遥远的最早的远古被稠密的黑夜覆盖,但在这黑夜中闪耀着一束因一个无可辩驳的真理而永恒不灭的光,即——这个公民世界当然是由人创造的,

因此,它的原理可以被发现,它必须在我们人类心智的改变中去寻找。任何思考这一点的人都必感到惊讶,为什么所有过去的哲学家都那么努力地探索自然世界的科学(上帝创造了自然世界,所以只有上帝才有自然世界的科学),却疏于思考民族世界,即公民世界,这个世界是由人创造的,所以人可以追求关于它的科学。(Auerbach,1924:25;Vico,2020[1744]:110)

这是一段被广为征引的话。奥尔巴赫评论道,"[维柯]宣布了历史科学的首要性(Primat der Geschichtswissenschaften)"(Auerbach,1924:25)。值得注意的是,在引文中,奥尔巴赫把维柯原文里的"这个公民世界"(questo mondo civile)译为"这个历史世界"(diese historische Welt)。在奥尔巴赫生平最后一部著作《拉丁古典时代晚期和中世纪的文学语言及其受众》(Literatursprache und Publikum in der Lateinischen Spätantike und im Mittelalter,1958)里,奥尔巴赫这样总结自己的学术生涯:"我的目的始终是书写历史。"这也是一句被广为引用的话。"历史"在奥尔巴赫著作中是一个核心概念,学界对此已给予了充分的关注,但至于奥尔巴赫的历史观是何种历史观、何种历史主义,这一点似乎仍待进一步研究。现代的维柯评论者,如以赛亚·伯林、奥尔巴赫和克罗齐,都倾向于在《新科学》中看到一种类似黑格尔的历史主义的历史观。伯林曾说,"无论好坏",维柯的历史主义是现代历史观的"先驱"(Berlin,2000:68)。奥尔巴赫在其译者前言中就指出,维柯的"历史概念"和哈曼、赫尔德、黑格尔等德国历史主义代表人物的历史思想的相似之处在于"有'历史',而非只有'事件'"①(Auerbach,1967:222)。

维柯的《新科学》确实体现出一种现代历史观念的雏形,但 questo mondo civile 和 diese historische Welt 的区别仍然不可小觑。在历来关于《新科学》的历史观的论述中,有一点尚未引起足够的关注,即,相比"历史"而言,《新科学》更关注的是两个紧密相连的概念——civile(公民的)和 divino(神圣的)。维柯对"民族世界"或者说"公民世界"的设想建立在奥古斯丁的"上帝之城"之上。奥古斯丁的"上帝之城"融合了古罗马的 civile 政治与基督教的 divino 教义。备受奥尔巴赫推崇的中世纪诗人但丁的《神曲》是这种理想在中世纪文学中最生动的表达。和《神曲》相比,沐浴在意大利文艺复兴余风中的《新科学》体现出更强烈的接续古典传统的自信。civile 指的是"与公民生活相关的"。它的词源可以追溯到拉丁语中的 civilis 和 civitas。civilis 也是"文明"一词的词源。civitas 和 res publica 的意思相近,res publica 是"共和"一词的词源②,原意指公共事务。civile 是一个政治法律概念,也是一个伦理

---

① "daß es Geschichte gibt, und nicht nur ein Geschehen"。
② 关于 il mondo civile、civilis 和 civitas,笔者另有文章论述,在此不做展开。

概念。昆图斯·恩纽斯（Quintus Ennius）曾说过，维系罗马共和的根基之一是一种旧式伦理。在维吉尔的《埃涅阿斯纪》里，这种旧式伦理表现为 pietas（责任）以及与之相关联的诸如诚实、稳重、谨慎、尊严等价值，即维吉尔试图为屋大维的帝国正名、反复印证的价值观念。维柯的"公民世界"或"民族世界"在一定程度上是对 civile 在世界范围内的演绎。《新科学》讲述的就是异教民族如何在大洪水之后从无政府状态转向公民秩序的过程，这个过程确如奥尔巴赫所言，已不是事件的叠加，但它与现代的历史观亦有区别。

在以上奥尔巴赫引用的《新科学》的段落中，维柯实质上提出了一种历史哲学，并为其建立了认识论根基。在《新科学》的自觉回望中蕴含着新异的前瞻因素。这种认识论可以从两个字——verum（真实）和 factum（创造）——上来把握。把 verum（真实）等同于 factum（创造）并不是维柯的发明，但将它与民族世界的建立相联系，却是维柯的创新之处，而通过这层勾连，维柯试图做的，是打破笛卡尔（René Descartes，1596—1650）哲学对数学和物理学的膜拜及其对历史的轻视。笛卡尔在《指导心智的规则》（*Regulae ad directionem ingenii*，1701）里，第一句就说："所有科学都是确定与明白的知识。"对笛卡尔而言，只有被"确定"与"明白"的事物才能够有"科学"的地位，而所谓的"确定"与"明白"即认知主体（cogito）通过思考就能通过获得的 certum（确实），这种 certum 在笛卡尔看来，就是 verum（真实）。

维柯早年是风靡欧洲的笛卡尔主义的信徒，但他怀疑笛卡尔对 certum 和 verum 的等同，这种怀疑最终导向了他对笛卡尔哲学的反叛。在维柯看来，人类对经验世界的知识只能是不可被最终印证的"确实"，而不是"真实"。至于哪种科学更接近"真实"，维柯的观点同样具有创造性。维柯认为，数学是人类的发明，factum 即 verum，所以数学具有真实性，但数学与物理世界无关，因此并非真正的真实；物理学建立在对物理世界的知识之上，但不是人的创造，不能被我们清晰地了解，因而也缺乏真实性。笛卡尔曾说，古罗马历史学家所具有的历史知识还比不上西塞罗的女仆的切身经历，但对维柯而言，正是备受笛卡尔嘲笑的历史学与真实的关系最为密切。其中的原因，维柯在被奥尔巴赫被引用的这段里已为我们说明："这个公民世界当然是由人创造的，因此，它的原理可以被发现，它必须在我们人类心智的改变中去寻找。"

如果只看以上这段《新科学》的引文，很容易得出维柯的历史观是一种世俗历史观的结论，这是大部分现代维柯评论者所持的观点。意大利哲学家克罗齐是这种观点的代表人物。克罗齐在他的《维柯的哲学》(*La filosofia di Giambattista Vico*, 1911)一书中对《新科学》做了一种惯常意义上的"世俗"的理解。他认为，在提出"历史是由人创造的"这个概念的意义上，《新科学》是现代历史观的前驱。然而，奥尔巴赫

并不这么认为。在奥尔巴赫的德文译本的前言里,奥尔巴赫写道:

> [克罗齐声称,对维柯而言]"人类的知识与上帝的知识在质上是相同的,只是在量上不同,因为上帝也有对自然的知识……""当人类成为政治的人时,他们创造了人类世界,当他们反思自己的创造时,他们重新创造了它……他们对这一创造的知识是完美的。这确实是一个世界,人类是它的上帝。"克罗齐可能是这么认为的,但这不是维柯的观点。对维柯而言,神——而不是人——才是历史的上帝,在《新科学》第二页,他称自己的作品是"神圣神意的公民理性神学"(una Teleogia civile ragionata della Provedenza divina)。(Auerbach,1924:28)

奥尔巴赫接着写道:

> 维柯似乎试图通过天意与社会之间的神秘戏剧来描绘宏大且最终神秘的对立面的综合。经验的历史和神的裁决、超越性和内在性、神与世界都融为一体。(Auerbach,1924:28—29)

奥尔巴赫对维柯的阅读自始至终强调的都是其中的神意因素

和维柯的信仰,早在写于1922年的一篇文章中,奥尔巴赫就对克罗齐对维柯的理解提出质疑,并提醒我们注意维柯论作中的神意因素:

> 这和维柯所说的一切一样,听起来非常现代。事实上,贝内代托·克罗齐在他的出色的论维柯的书中称赞维柯是现代史学的先驱、美学的创始人……但我们必须小心,每当我们看到相似之处时,我们都太倾向于把对方按照我们自己的形象来塑造,以至于扭曲它的整体形象……他[维柯]的目光投向上帝,换言之,即没有朝向人类……这是一位有信仰的人、一位信徒的经历,他认为神意是超然的、真实的。这正是维柯的意图:将信仰描绘成人类社会的基本条件,将上帝与秩序等同起来,将当时骄傲的理性人与神和世界联系起来。(Auerbach, 1922:252)

1922年的奥尔巴赫更强调维柯的"信仰"——在他看来,维柯的目光投向上帝,而非人类;而在1924年翻译《新科学》后,奥尔巴赫就维柯对神意和人意的辩证关系的理解有了更深刻的把握——人类虽然并不如克罗齐认为的那样,是"历史的上帝",但维柯的目光也并非没有投向人类。人类社会与神意之间有一种"神秘的戏剧"、一种"对立面的综合"。这也许是对维柯的《新科学》中的历史观的较为中正客观的理解。

通常认为,维柯的历史观的卓越之处在于他提出了"人是民族世界的创造者,因此可以理解它"的观念,但对维柯而言,历史知识之所以超越自然科学知识,并不在于它是人的创造(数学也是人的创造),而正在于它是人意与神意的联结——人通过对"我们人类心智的改变",可以企及神的知识,因此也就最接近对真实(verum)的窥探。维柯对"神意"的动词形式divinari(divine)的词源学解释很好地说明了这一点:

> 哲学家们也应该在民事事物中理性地知晓神意。divine(神的)一词从 divinari[占卜]而来,也就是说,通过占卜来理解"向人类隐藏的"("隐藏"的意思是"将要发生的")或"藏在人心智中的"(在良心[coscienza]的意义上的"隐藏")。这神圣之事是法学主题第一部分的内容,而另一部分——人意——正是建立在此根基之上的。(Vico,2020:116—7)

在维柯的解释中,divine 一词的"占卜"含义向我们清晰地显示了神意与人意是如何联结的:"占卜"既是"理解神意"的意思,同时也是"通向我们内心"——即通向 coscienza——的意思。coscienza 一词可以做两种解释:"良心"和"意识"。奥尔巴赫和泰勒(Taylor,2020)把它译作"意识",伯根与费什

(Bergin and Fisch,1948)把它译作"良心"。在《新科学》里，coscienza 与 scienza（"科学"）相对："无法知道事物真相（verum）的人可以紧紧抓住'确实'（certum）——人的智识无法被科学[scienza]满足，但至少人的意志可以在意识[coscienza]中得到寄托"（Vico,2020:77）。与维柯对 coscienza 与 scienza 的区分相对应的是他对哲学与语文学的区分：

> 哲学思索理性，由此产生关于真理的科学；语言学观察人类选择的权威，由此产生关于确实的意识。（Vico,2020:77）

维柯认为，我们只能够得到关于 certum 的知识，即 conscienza，而无法直接获得关于 verum 的知识，即科学。笛卡尔所认为的清晰、明确的知识不过是人的意识。

维柯在《新科学》中对《新科学》的主题有多重解释：它是关于财产起源的哲学，是各民族的自然法，是关于神意的公民理性神学，是人类心智的历史，是关于古典传统的哲学批判。与维柯的包罗万象的解释相对应的是《新科学》的读者对此书千差万别的解读。哈曼在 1773 年购得此书时以为它是一本经济学著作，米什莱在《新科学》中看到了民族主义，孔德用《新科学》为他的实证科学做注，克罗齐用《新科学》对抗实证主义。

奥尔巴赫在《詹巴蒂斯塔·维柯及其语文学思想》(Giambattista Vico und die Idee der Philologie, 1936)一文中也尝试将《新科学》归于一门学科——他认为,《新科学》归属语文学。奥尔巴赫的解读深刻地影响了人文学科领域对维柯的《新科学》的讨论——学界通常将《新科学》与语文学等同。应该引起我们思考的是,如果维柯的《新科学》是维柯所定义的"观察人类选择的权威,由此产生关于确实的意识"的语文学,那它的"科学"的地位从何而来？以"新科学"命名著作是当时欧洲知识界的风尚,维柯也未能免俗。维柯并非时代的斗士,"科学"时代的《新科学》仍然是科学,花甲之年的维柯还心心念念用几何学证明《新科学》的科学性。值得注意的是,《新科学》中对与"语文学"相对的哲学的关注并不亚于语文学,这一点,我们并不能从奥尔巴赫的维柯论中读出。奥尔巴赫在《詹巴蒂斯塔·维柯及其语文学思想》中写道,"他[维柯]最喜欢把他的方法称为'关于相似民族的作者的新批评艺术'[nuova arte critica sopra gli autori delle nazioni medesime]"(Auerbach,1967:236)。奥尔巴赫将此种"新批评艺术"界定为语文学方法(Auerbach,1967:237)。然而,这并不是维柯的意思,维柯对"新批评艺术"做了如下解释：

> 这部著作包含了一种新的批评艺术,这种批评艺术迄今为止还没有出现过……在这种批评艺术里,哲学致

力于研究语文学——即对所有取决于人的选择的事物的研究,包括对战争与和平时期的语言、风俗、行为和民族的历史的研究……因此,哲学通过语文学而发现与众民族世俗历史进程相伴的永恒理想历史,从而把语文学化为一种形式的科学。(Vico,2020:8—9)

维柯强调的是哲学与语文学的融合与语文学的科学化。语文学的科学化通过形而上学完成,这是一个将柏拉图式的希伯来民族理念历史与众民族历时历史的融合、神圣领域与世俗领域的融合的过程。语文学"世俗"吗? 这要看我们对"世俗"一词的定义。与其说维柯着力于解释语文学,不如说他更关注语文学的哲学化。

在《新科学》里,哲学与神学紧密相连,哲学的地位仅次于神学,它与"关于神意的理性公民神学"中的"理性"相呼应。1744 年第二版的《新科学》的封面是一幅寓言式图片,它生动地表现出哲学、神学和诗(创造)在《新科学》中的位置。图片的左上方是上帝之眼,寓意神意。右侧是一位站在地球上的女子,女子寓意形而上学,地球寓意自然世界,地球的一半由祭坛支撑起,祭坛寓意早期民族向神献祭。图片的左下方是荷马,寓意公民世界的创造者。从上帝之眼中射出的光束通过女子折射到荷马身上,由此连接起最上方的上帝之眼、中间的女子和下方的荷马。维柯对此图片作如下解释,"在这幅画中,形而上学超越自然秩序,思考寓于神的人类心智世界……由此显示公民世界,或者说,民族世界的神意"(Vico,2020:5)。这幅画和维柯对它的解释生动地诠释了什么是"关于神圣神意的公民理性神学"。虽然对《新科学》的主题可以作多样性的理解,但从这幅关于主题的寓言式图片来理解的话,正如奥尔巴赫所言,《新科学》是关于神圣神意的公民理性神学。

维柯在三个世纪前提出的"关于神圣神意的理性公民神学"为我们在"后世俗时代"重新思考"世俗化"提供了宝贵的思想资源与灵感。《新科学》向我们呈现的众神与一神并存的民族世界显现出它的现代性与诡谲。维柯与他同时代的雅克-贝尼涅·博须埃一样,分开犹太民族与非犹太民族的历史,但维柯不像博须埃那样,让神直接介入非犹太民族历史,而是通过"关于神圣神意的理性公民神学"来介入非犹太民族的历史运作。第一版《新科学》的题词用了维吉尔的话:"缪斯源于宙斯"(Ab Jove principium Musae)。宙斯/朱庇特是众神之尊,也是雷电之神,缪斯是宙斯的女儿,掌管创造与记忆。缪斯源于宙斯,即所有的创造都源于对神的敬畏。《新科学》讲述了异教民族如何因对雷电的惧怕而创造了婚姻、祭祀和葬礼等人类社会制度,从混乱走向有序。维柯认为,这是神意在基督降临前塑造人类历史的方式。

奥尔巴赫在1922年对克罗齐的反驳中已经指出,《新科学》是"神圣神意的理性公民神学"。在强调《新科学》中神意因素的同时,奥尔巴赫淡化了其中的"公民理性"因素。《新科学》不等同于语文学,但奥尔巴赫始终把维柯的"新科学"定性为语文学。对奥尔巴赫而言,"语文学"是什么,他又为什么要压抑维柯在《新科学》中对形而上学的强调?

在奥尔巴赫翻译的德语删节版的《新科学》的译者前言里,奥尔巴赫写道,维柯把"语文学"理解为"我们今天所谓的人文科学,即狭义上的所有历史、社会学、经济学、宗教史、语言、法律与艺术。维柯要求将这些实证科学与哲学统一"(Auerbach,1924:29)。维柯在《新科学》里对"语文学家"做了这样的定义:"语文学家"不仅包含职业语文学家,而是"指所有研究各民族语言和行为的语法学家、历史学家和文本批评家,他们既研究内在的风俗和法律,也研究外在的战争、和平条约、联盟、旅行和商业"(Vico,2010:77)。奥尔巴赫对维柯的实证科学作了广义的理解,他把维柯的"语文学"理解为人文科学,即历史科学(Geistes-/ Geschichts wissenschaft)。奥尔巴赫对"语文学家"的理解具有一致性——他在多篇文章中都把"语文学家"称作"历史学家"。对奥尔巴赫而言,语文学就是历史学。在《世界文学的语文学》一文里,奥尔巴赫表达了对自己身处历史转折点的强烈历史意识以及语文学家——即历史学家——在此时代环境下所应有的担当的深刻反思:"语文学家的领域是人类历史世界,语文学家的工作就是呈现这一点,以让它深刻地渗入我们的生活。"(Auerbach,

1969:6)《世界文学的语文学》一文被一再讨论,但此文强烈的黑格尔色彩尚未引起学界足够的关注。

熟悉《精神现象学》的读者会发现,《世界文学的语文学》用了一系列《精神现象学》的概念、词汇和句式,可以说,半篇文章是从《精神现象学》中脱胎而来的。"过去几千年的内在历史是人类获得自我表达的历史,这是语文学——一个历史学科——所处理的问题"(Auerbach,1969:5)。把"人类"换成"精神",把"语文学"换成形而上学,我们基本得到了黑格尔。《精神现象学》是"知识显现的科学"(Wissenschaft des erscheinenden Wissens),是思辨哲学对历史作为纯粹形式的显现的回溯性理解。在黑格尔的历史哲学中,历史的重要性在于它记录了精神自我实现的过程。黑格尔把历史比作"戏剧",这是因为精神"反对自己""骄傲自满于自我异化"(Hegel,1971:76)。奥尔巴赫在《世界文学的语文学》中对作为语文学研究对象的历史的描述与黑格尔对历史的呈现非常相似:"历史包含了人类迈向对其自身处境的意识以及实现其潜力的伟大而冒险的行进的记录""一种内在的梦想展开,其广度和深度完全激发了观众的热情,同时使观众在观看此戏剧的丰富经验中,在自己既有的潜能中找到平静"(Auerbach,1969:5)。历史是戏剧,观众是正在经历历史的人,而语文学家的责任就是通过语言呈现、阐释这出他/她既是参与者又是观者的戏剧:"这种景观的显现完全取决于呈现与阐释,而景

观的消失将会是一种无法弥补的损失。"(Auerbach,1969:5)

《世界文学的语文学》一文写于1952年,奥尔巴赫在此提到的"景观的消失"一方面指的是世界扁平化的趋势及文化多样性的消失,另一方面,"景观的消失"的原因也在于一种"非历史的教育系统"(Auerbach,1969:5),这种系统不仅使得参与者/观众缺乏景观/历史意识,更重要的是,受此系统培养的语文学家日益缺乏承担其历史责任的能力。但《世界文学的语文学》并不是一篇哀歌,奥尔巴赫在此文中对历史表现出一种矛盾的乐观态度:"[历史的]行进的最终目标(虽然当下其形式完全破碎)长期几乎不可想象,但尽管进程曲折,它似乎仍是按照一个计划行进。"(Auerbach,1969:5)在这种历史观的观照下,奥尔巴赫指出了历史给予语言学家的非凡机遇和紧迫责任:"我不认为现在可以说人类生活的终结,但可以说,我们的时代是一段终结性的改变时期,在此期间,一种独特的研究看上去已成为可能。"(Auerbach,1969:6)这种研究即对历史显现的整体的回溯性理解——黑格尔对世界历史的思辨哲学被奥尔巴赫改造成了对"世界文学"的语文学研究。

从这个角度来看,也许我们就可以理解,为什么奥尔巴赫要强调维柯的"语文学",而压抑《新科学》中形而上学的地位。对奥尔巴赫对维柯和赫尔德的对比是学界历来讨论较多的,这在一定程度上缘于奥尔巴赫的长文《维柯与赫尔德》——奥尔巴赫对维柯和赫尔德做过明确的比较。但对奥尔巴赫与黑格尔——这位德国历史主义传统的集大成者——的联系的讨论可以说还是较匮乏的。如果笛卡尔是维柯的另我,那么黑格尔就是奥尔巴赫的另我,维柯一生都希望《新科学》被当时风行的笛卡尔哲学认同,奥尔巴赫最终与黑格尔传统达成和解。

奥尔巴赫所提倡的语文学研究和黑格尔的历史哲学之间虽然有多重牵连,但两者也有重要的区别。奥尔巴赫在《维柯与语文学观念》(1936)一文里对他的语文学理念做了较细致的阐述。如前所述,奥尔巴赫把维柯的"新批评艺术"理解为语文学,他接着写道:

> 这种新的批判艺术基于所有人的共识(senso commune),因此也基于全人类的共性。这是一种"不假思索的判断",一种对特定生活形式和发展道路的自然倾向。它由神意平等地建立在所有个人和民族中。(Auerbach,1967:238)

奥尔巴赫在这里与维柯在《新科学》中关于"共识"(senso commune)①的论述是一致的。需要注意的是,"共识"源于"神意"。奥尔巴赫又加了两句——"它不是源于理性","因

---

① 关于"共识"(senso commune)的概念,笔者另有文章论述,在此不作展开。

此,由此而来的传统、法律和体制不是哲学真实(verum),而是传统的、由人类意志创造出的体制(certum)"(Auerbach,1967:238)。奥尔巴赫接着对维柯做了一段评论:"值得记住的是,维柯没有把他所认为的人类的共性理解为与教育或进步的启蒙有任何关联。相反,所有人所共有的是历史现实的全部——它所有的伟大与恐怖。"(Auerbach,1967:241)这种历史观和黑格尔的历史观是完全不同的。

《世界文学的语文学》发表十五年后,法国理论家居伊·德波(Guy Debord,1931—1994)写了《景观社会》(*La société du spectacle*,1967),《景观社会》是风暴年代西方马克思主义批判理论的杰作,也是情境主义国际(internationale situationniste)的奠基性文本。"所有曾被直接经历的事物都已远去,成为再现"(Debord,1967:1)。《景观社会》中的"景观"指的是资本主义制度下成为"商品"的"再现"对社会生活的异化。

奥尔巴赫也谈"再现"(《摹仿论:西方文学中的真实再现》)和"景观",但并不带有德波用词中的贬义与批判成分。这一点上,奥尔巴赫的"语文学"和卢卡奇的历史文类学——即我们通常所说的卢卡奇的小说理论——有异曲同工之处,或者说,前者受到了后者的影响。卢卡奇在其已成为经典的《小说理论》(1916)一书中发展出一套文学体裁与历史阶段相对应的理论,这套理论对西方美学影响深远。根据卢卡奇的理论,文学再现的重要性在于文学形式与历史形式的对应关系,文学批评家的责任在于把历史形式通过文学批评的方式展现给历史主体看,使其在再经历历史的过程中认清自己所处的历史阶段,把握历史发展的客观可能性,从而推动历史朝其规定性发展的方向前进。

卢卡奇认为,混淆文学体裁即混淆历史阶段,其后果不堪设想,因此文学批评家肩负着社会责任,任重而道远。这套文类论是《历史小说》(1937)的基础。《历史小说》围绕戏剧与小说的辩证关系展开,在其时代被赋予了与《小说理论》不一样的历史意义。卢卡奇认为,戏剧与革命时代相对应,描绘的是"某种特定趋势的集中本质"(Lukács,1969:164),而小说则代表着社会趋势,因此适合描绘"历史的过渡阶段"(Lukács,1969:35)。卢卡奇通过《历史小说》要说明的是,当时的年代"应该"是后革命的和平过渡时期,是小说的年代,历史主体不应用经历革命时代的戏剧化方式来经历这个年代。《历史小说》主要处理的问题之一是怎样刻画英雄人物。卢卡奇认为,戏剧英雄不适合历史小说,历史小说的英雄应该是像苏格兰小说家沃尔特·司哥特(Walter Scott,1771—1832)的小说中那样日常、"平庸""普通"的小人物(Lukács,1969:32);历史小说"总是表现社会趋势和历史力量"(Lukács,1969:33),而司哥特的"中间式"的"中产阶级"(Lukács,1969:32;35)小人物,正是表现在社会"上层"和"下层"力量的"复杂互动"中出现的过渡时期社会生活"整体"的"完美工具"(Lukács,1969:35;52);司哥特的小人物是完整的,"但并非没有最细致的准备,然而这种准备不是个人与心理上的准备,而是客观的、社会历史的准备,也就是说,司哥特通过展现真实的社会情景与人民生活中真实的、发展的矛盾,而描绘出导致他所再现的历史危机的大众生活中的问题"(Lukács,1969:39)。

奥尔巴赫的《摹仿论》是各种矛盾理念交织、抵触以及被试图整合的场域。上一章分析了奥尔巴赫对卢卡奇小说理论的辩驳,需要指出的是,这种辩驳是伴随着奥尔巴赫对卢卡奇理论的致敬与改编而完成的。《摹仿论》的第二章《芙尔奴娜塔》("Fortunata")和第一章一样,在对古典文学和犹太基督教文学的比较框架下展开。奥尔巴赫选取的文本是古罗马作家盖厄斯·佩特罗尼乌斯·阿尔比特(Gaius Petronius Arbiter,27—66)的讽刺小说和同时代的《新约·马可福音》。佩特罗尼乌斯是古罗马暴君尼禄小圈子的成员,最终被尼禄赐死。佩特罗尼乌斯其文如其人,优雅、颓废、充满个性,尼禄认为,只有被佩特罗尼乌斯认可的优雅与品位才能称得上优雅与品位。佩特罗尼乌斯的讽刺小说《萨蒂利孔》(*Satyricon*)只以断章的形式流传下来,奥尔巴赫选取的是其中最著名的关于暴发户特里马乔(Trimalchio)的晚宴的章节,芙尔奴娜塔是特里马乔的妻子。奥尔巴赫由对选文的分析得出结论,他认为,"他[佩特罗尼乌斯]达到了古典现实主义的最终边界",因为"在他向我们呈现的喧哗背后,我们看不到任何能帮助我们从经济和政治背景的意义上理解人物活动的因素,历史运动在这里只是一种表面的运动";"如果古典文学不能严肃地表现日常生活,即不能充分理解其问题并着眼于历史背景,如果它只能以低等的、戏剧的或充其量是田园般的、静态的和非历史的风格来表现日常生活,那么这就意味着它不仅标志着古典现实主义的局限,也标志着其历史意识的局限性"(Auerbach,1959:34—36)。

这里有两点需要注意:一方面,奥尔巴赫的"风格"的概念指的不仅是文体,而更指向历史意识,"风格"是文体与历史意识的联结,这与卢卡奇的文学体裁与历史阶段的对应相类似;另一方面,奥尔巴赫对"现实主义"应关注深层的、非表面的"历史运动"的论述呼应了卢卡奇对历史小说的设想——历史小说"总是表现社会趋势和历史力量",应体现出对历史力量的"最细致的准备"。奥尔巴赫在分析古罗马历史学家塔西佗的历史叙述时写道,"伦理与修辞的方式,与现实是历史力量的发展这一观念不相容"(Auerbach,1959:43)。有意思的是,在这里,奥尔巴赫急着把维柯——一个浸润于罗马政法和修辞学教育的修辞学教师——与古典作家分开。在这里,我们可以进一步理解为什么奥尔巴赫要用"历史世界"来翻译维柯的"公民世界"了。

与古典文学现实主义的局限性形成鲜明对比的是《新约》

的"无限"的现实主义。《马可福音》中有彼得否认基督的叙述,奥尔巴赫在对此进行分析的基础上认为,《马可福音》向我们展现了"一场从普通人的生活深处孕育出、从当代生活的日常事件中产生的精神运动的诞生……我们目睹的是'新心灵与新精神'的觉醒";"《新约》中的彼得和其他角色被卷入了一场世界性的运动,这场深刻的运动起初几乎完全隐藏在地表之下,只是渐进式地出现(《使徒行传》显示了这种发展的端倪),它最终现身于历史前台,但即便是现在,在一开始,它就具有无限性,它与每个人直接相关,并且吸收了所有个人性的冲突";"深层的地表之下的力量——对古典观察者而言静止的力量——开始运动"(Auerbach:1959,46;48)。

这里值得注意的是,奥尔巴赫无异于在用一种马克思主义文论讨论圣经文学。《芙尔奴娜塔》一章和《摹仿论》的其他部分的论述一样,充满了彼此矛盾的因素,我们在下一章还会对此进行分析。在奥尔巴赫对彼得否认基督的讨论里,奥尔巴赫不仅强调了圣经文学对社会趋势与历史力量的有力呈现,他还提醒我们注意,彼得是个小人物——他是"从加利利来的渔夫,有着最为卑微的社会背景和教育背景""从罗马帝国的世界—历史连续性的角度来看,他在舞台上的出现不过是一个边缘事件、一件无足轻重的地方性事件,只有直接参与此事的人物才注意到他"(Auerbach:1959,45)。奥尔巴赫认为,正是在对这样一个小人物的呈现的过程中,"日常生活的事件获得了世界—革命性时间的重要性……成为了一场运动、一种活跃的历史动态"(Auerbach：1959，45)。对"世界—历史""世界—革命性"等词的运用，我们经常在卢卡奇的文章中看到，也可以在黑格尔的哲学系统里读到。

在《历史小说》里，卢卡奇认为，司哥特通过他小说里的小人物来描绘社会趋势，为刻画社会矛盾做准备，"这种准备不是个人与心理上的准备，而是客观的、社会历史的准备"。值得注意的是，奥尔巴赫对彼得的描述与卢卡奇的观点相反：奥尔巴赫认为，在彼得否认基督的叙述里，圣经作者之所以能够向我们呈现出蛰伏在历史地表之下的历史动力和社会趋势，正在于其对彼得的强烈的内心斗争——他的"巨大"的心理"摇摆"(Auerbach：1959，45)——的描述。彼得"半心半意、半信半疑""内心充满惧怕""他有信，但信不够深，因此，最可怕的事发生在他身上"，他是一个"有缺陷的英雄"，但他"正是从他的缺陷中获得了最强大的力量"(Auerbach：1959，45)。奥尔巴赫认为，对彼得内心的"来回摇摆"的描绘体现出作者的历史意识，这种历史意识使得圣经文学能够将崇高文体与低等文体相融合。奥尔巴赫论述中的彼得并不是卢卡奇《历史小说》中司哥特小说里的小人物。在奥尔巴赫的笔下，小人物彼得充满了戏剧性和紧张感，他是一个戏剧式英雄。戏剧式英雄在卢卡奇看来是最不适合历史小说的，但在《摹仿论》里，小人物与戏剧式英雄并不相悖。两种角色在彼得身上的统一体现出奥尔巴赫打破传统的史诗与戏剧界限的意图。

《摹仿论》体现出两种冲突的历史观念和其作者试图调和冲突,却很多时候无法化解个中矛盾的印记。值得注意的是维柯的《新科学》不仅是奥尔巴赫用以抵抗黑格尔历史观的思想资源,它本身也是奥尔巴赫抵抗的对象,这使得《摹仿论》作为各种冲突交织的场域而显得更为复杂。写于1936年的《维柯和语文学的观念》已预示了这种冲突。奥尔巴赫在此文中介绍了维柯的共时性历史观,即,人类的发展阶段是共时共存的。维柯在《新科学》中所表达的历史观比起奥尔巴赫的总结更为复杂诡谲。在《新科学》的世界里,首先共时共存的是犹太民族的神显历史和非犹太民族的世俗历史。非犹太民族的历时历史以"永恒理想历史"为模板,经历不断的"过程"(corso)和"再过程"(recorso)。这样一种历史观对奥尔巴赫而言包含了巨大的问题。在1924年《新科学》德文译本序言里,奥尔巴赫写道:

> 但神意指引我们去向何处?它在哪里实现?它的最终目标是什么?在这里,我们看到维柯思想中惊人的、难以被理解的缝隙。他从人的堕落讲起,理应以最后的审判结束,但他对此只字不提。也就是说,他把直接接受神启的犹太民族历史完全分开了。这不能被轻易地驳斥为荒谬,因为希伯来人的历史——无论是在基督出现之前

还是在基督出现之后——看上去都非常独特、无法比较。但他随后忽视了这个视角。基督的出现并不是一个关键时刻,他以后的历史与古典史并没有本质上的区别。而且,最重要的是,最终的目标,即最后的审判,是缺失的。在循环的终点只有再过程(ricorso),一切重新开始。(Auerbach,1924:37—38)

在这一段里,奥尔巴赫以他作为一个"信仰犹太教的普鲁士人"在特定历史时期的自我身份敏感出发,一针见血地指出了维柯的历史观所包含的悖论。实际上,《新科学》的悖论源于维柯对两种传统——犹太基督传统和古典传统——的创造性并用。末世论对虔诚的天主教徒维柯而言是不言自明的,他的兴趣反倒落在了比较的视角上。奥尔巴赫在他写于1922年的论维柯的文章里写道,维柯的目光投向神,而不投向人,但在这一段里,他表达了几乎相反的意思:《新科学》里没有最后的审判。在这个意义上,也许我们就可以理解,为什么奥尔巴赫在强调维柯的"信仰"的同时又把他称作"异教徒"。维柯在《新科学》里把早期基督教历史被呈现为人类历史上的第二个英雄时期。在奥尔巴赫的理解下,《新科学》所呈现的循环往复的人类史与基督教的末世观是不相容的。

在以上的引文里,奥尔巴赫对维柯的驳斥主要从两个方面展开。一方面,他指出,维柯把神启的犹太民族历史排除在世俗历史之外，也就是说，犹太民族的历史不够"世俗"。犹太历史在《新科学》的安排中有着特殊的意义——它代表的是"永恒的、理想的历史"，但把犹太民族历史和非犹太民族历史分离、把它提升到理念世界、排除在世俗历史之外，这和当时在德国崛起的排犹势力对犹太历史的处理在后果上而言并没有太大区别。没有犹太民族历史的历史怎么能被称为世界史？奥尔巴赫对维柯的驳斥不仅体现出他对维柯在《新科学》中对犹太民族历史的处理的不满和他对历史整体性的诉求，还体现出他对历史去向的追问，这是他的驳斥的第二个方面。"历史的最终目标是什么"是一个末世论追问。对奥尔巴赫而言，维柯对犹太民族历史的论述不够"世俗"，对基督出现后的历史的论述太过"世俗"。奥尔巴赫认为，具有特殊意义的并不是犹太民族的历史，而是基督，是基督联结起犹太民族历史和非犹太民族历史、世俗与神圣、神意与人意。在奥尔巴赫对维柯的驳斥中，我们已经可以看到他在1938年发展成熟并落于文字的"喻象论"的端倪。奥尔巴赫在《喻象》（"Figura"）里摆脱了《新科学》中古典传统的影响。维柯的《新科学》帮助奥尔巴赫完成了对黑格尔历史主义的反叛，也帮助他完成了从黑格尔主义向一种融合了黑格尔主义与基督教末世论的历史观的过渡。奥尔巴赫的喻象论建立在对维柯的《新科学》和黑格尔历史主义的双重反叛和挪用之上。

三、但丁、《喻象》与"世界文学"的救赎

《法利那太和加发尔甘底》("Farinata und Cavalcante")是《摹仿论》这座巨厦的中心,它的地位类似于普鲁斯特的《追忆似水年华》中主人公马尔塞的卧室。《法利那太和加发尔甘底》这一章也是奥尔巴赫写得最具感情、最体现出这位意在客观性的文学评论家无法克服其主观性的一个章节。

法利那太和加发尔甘底是但丁《神曲·地狱篇》中的主人公在第六章里遇到的两个受墓穴烈火焚烧的鬼魂。法利那太生前是佛罗伦萨政治斗争中吉柏林党的领袖,他性格高傲、桀骜不驯,加发尔甘底则是佛罗伦萨伊壁鸠鲁派哲学家,是但丁的好友、诗人圭多·加发尔甘底的父亲。奥尔巴赫引述了但丁描写两个鬼魂的片段:在墓穴的烈火中,在失去肉身、完全静止的状态中,法利那太仍骄傲不羁,加发尔甘底则受忧心儿子圭多所困扰。奥尔巴赫强调了两点。一方面,在但丁的叙述中,这两个鬼魂处于异常的境遇,即它们同时处于两个维度——他们的存在虽然是一种无变化的状态(in einem wechsellosen Dasein),但他们仍有感知,这也就意味着他们"似乎仍有历史"。奥尔巴赫认为,这是"但丁的现实主义的惊人的悖论"(Auerbach,1959:183)之所在。另一方面,法利那太和加发尔甘底在地狱里处于同一层,是上帝的审判中同一类别

的罪人,但就是在这样相同的、异常的境遇中,他们的独特个性仍得到了淋漓尽致的展现。奥尔巴赫写道:

> 法利那太和加发尔甘底的对比尤其引人注意。他们是同一类罪人,因此处境相同,但作为有着不同个性、不同前世命运和不同爱好的个体,他们形成了最鲜明的对照。他们的永恒不变的命运是相同的,但这只是在他们必须遭受相同惩罚的意义上、在客观意义上而言,因为他们以非常不同的方式接受命运。法利那太完全无视自己的处境,加发尔甘底则在黑暗的监狱里哀悼光之美。两人通过各自的姿态和语言完全展现出各自的天性,这种天性或许是、也正是他们在尘世生活中所拥有的。此外,由于尘世生命已停止,无法生长变化,但激发生命的激情和爱好仍然存在,从未在行动中得到释放,这就造成了一种强烈的紧张感。我们看到的是他们的生命本质被强化的形象,这种形象在广袤的时空中被定格成永恒,其纯洁性和清晰性是我们在他们的尘世形象中永远也看不到的。(Auerbach, 1959:183—184)

在地狱里,法利那太和加发尔甘底的个性不但没有消失,反而得到了强化:"法利那太比以往都更伟岸、强大和高贵",加发尔甘底"对光之甜美和对儿子的爱是如此深沉"(Auerbach,

1959:184)。但个体的性格与神的审判又是如此契合:法利那太因其高傲而获得了与他的高傲相对应的审判,而当他被安置在上帝计划的位置中,他仍然不改高傲的个性;加发尔甘底因为相信伊壁鸠鲁派哲学而堕入地狱,但他的哲学仍然体现在鬼魂加发尔甘底的言行中。性格即命运,这是奥尔巴赫早期著作《世俗世界的诗人但丁》(*Dante als Dichter der irdischen Welt*,1929)的重要主题,此书的题词就是用此思想的发源语希腊语写的"人的性格即其命运"。

在以上引文里,奥尔巴赫强调了但丁的《神曲·地狱篇》中人意与神意的契合,个体多样性与神意安排的统一性之间的辩证,此外,他还强调了"但丁的现实主义的惊人的悖论"所造成的"紧张感"和戏剧性(戏剧与史诗的统一,奥尔巴赫对歌德和席勒传统的改造)——一种"戏剧性的历史性"(Auerbach,1959:185)。

在这里,奥尔巴赫笔锋一转,写道:"这些想法在以上提到的黑格尔的段落中可以被找到,二十多年前,我用这些想法作基础,写了《世俗世界的诗人但丁》。"(Auerbach,1959:185—186)《世俗世界的诗人但丁》常被用来证明奥尔巴赫是一位世俗批评家,但《世俗世界的诗人但丁》论证的并非但丁是一个"世俗诗人"这一论点,而是"世俗世界的诗人"、基督教作家但丁如何把世俗世界与上帝的宏伟计划相联系,改造了源于古希腊哲学的"人的性格即其命运"的思想。奥尔巴赫在引文里提到的"在以上提到的黑格尔的段落"指的是前文中在他提到"无变化的存在"一词时,他所做的解释,"黑格尔在其《美学》中的一段——关于但丁的有史以来最美的段落——里用了这个词"(Auerbach,1959:183)。奥尔巴赫向黑格尔致敬,也不讳言他对黑格尔思想的继承。值得注意的是,奥尔巴赫对黑格尔哲学做了一种非世俗的理解。他强调黑格尔对个体多样性的尊重,以及对但丁的史诗的戏剧性的承认。这些元素都在黑格尔的哲学中。

奥尔巴赫接着写道:

> 从那时起,我一直在思考这样一个问题:但丁的现实主义——即投射到不变的永恒中的现实主义——是基于怎样的历史概念之上。我希望在此过程中,能够更深入、更准确地了解什么是但丁的崇高风格的基础,因为他的崇高风格恰恰在于将个体的个性——有时是可怕、丑陋、怪诞和粗俗的——与上帝审判的尊严相结合……但丁对历史的概念与我们现代世界普遍接受的历史概念显然是不同的。的确,他并不认为它只是一个世俗的过程、一种世俗事件的模式,而是与上帝的计划不断联系在一起的,所有的世俗事件都朝着这个目标发展……因为所有的创造都是上帝的积极之爱的永恒重复与发散,这种积极的爱是永恒的、影响着所有季节所有现象。救赎过程的目

标……不仅是对未来的某种希望,而且它从一开始就存在于上帝的完美中,是人的喻象,就像亚当是基督的喻象一样。(Auerbach,1959:186)

奥尔巴赫在这一段里仍然用"崇高"一词来形容但丁的风格,但几段以后,他就把"崇高"改为"混合":"他的伟大作品采用了混合风格和喻象的手法,更确切地说,喻象的手法导致了他的混合风格;它是一部喜剧,从风格上看,它是基督教的。"(Auerbach,1959:190)

在前文我们已经提到,奥尔巴赫文中的"风格"一词是与历史的概念联系在一起的,这和卢卡奇的文类论相似,而奥尔巴赫的历史观和卢卡奇的历史观也有相似之处,但在这里,我们看到,这两种历史观有着不可被忽视的区别。怎样解释但丁的"可怕、丑陋、怪诞和粗俗的"风格,使其能够解释他的崇高风格并被他的崇高风格所解释,这是奥尔巴赫进入历史、修正"我们现代普遍接受的"黑格尔历史观的切入点。在引文里我们已经读到,奥尔巴赫用以修正黑格尔历史哲学的历史观是"喻象论"——喻象论是文学手法,也是历史观,"它是基督教的",它建立在基督教末世论的基础之上。

奥尔巴赫集中讨论"喻象论"是在他发表于1938年的长篇论文《喻象》("Figura")里。《喻象》追溯了figura一词的历史演变,乍看之下似一篇中世纪释经论文。阿尼胡·扎卡伊

(Avihu Zakai)和大卫·温斯坦(David Weinstein,2012)、史蒂芬·尼古拉斯(Stephen G. Nichols,2018)等学者都已提醒我们注意此文的写作背景和政治意涵。在《喻象》里,奥尔巴赫梳理并分析了从古典作家到天主教教父对 figura 一词的使用,并在此基础上提出了他对"喻象"的理解——"喻象""是真实的、历史性的事物,它预示着同样真实的、历史性的事物"(Auerbach,1973[1938]:29);"喻象主义"指的是两个历史事件之间的关系,预示的事件称为"喻象",被预示的事件是"喻象"的"实现"(Erfüllung)(Auerbach,1973[1938]:30)。"喻象论"克服了维柯历史观中循环往复的因素,建立起了《旧约》和《新约》的联系:《旧约》是《新约》的"喻象",《新约》是《旧约》的"实现";亚当是基督的喻象,夏娃是教会的喻象。一个事件同时是喻象,也是实现。基督是亚当的实现,同时也是最后的审判的喻象。

需要注意的是,奥尔巴赫强调"喻象"和"实现"两方面同样具有历史性和真实性。在《喻象》里,奥尔巴赫把"喻象"和"寓言"(allegoria)相对比,他认为,寓言和喻象的不同在于寓言是"纯抽象、伦理的"(Auerbach,1973[1938]:44),而"喻象"和其"实现"都是具象的、历史的。奥尔巴赫对喻象和寓言的区分从理论上而言并没有坚实的基础,但不难理解他通过"喻象"与"寓言"的对比试图达到什么效果。奥尔巴赫在讨论特土良(Tertullian,150—230)和奥利金(Origen,185—254)两

位早期基督教教父对 figura 一词的解释时做了以下评论:

> 特土良的解释更注重历史性和现实性,而奥利金的解释则更注重伦理性和寓言性,两者间的差异反映了当前的冲突,我们从其他早期基督教文献中也可以知道这种冲突:一方力图将《新约》和《旧约》中的事件转变为纯粹的精神事件,以消散它们的历史特征;另一方则希望保留《圣经》的完整历史性即其更深层的含义。在西方,后一种倾向占了上风,尽管唯灵论者一直保持着一定的影响力……(Auerbach,1973[1938]:36)

"当前的冲突"暗指当时的排犹势力企图消解《旧约》的历史性。在奥尔巴赫的理解中,维柯的《新科学》也包含了相似的倾向。"后一种倾向"是否如奥尔巴赫所言,"在西方""占了上风"无从被证实,但奥尔巴赫的意思很明确,即犹太人的历史和非犹太人的历史具有相同的历史地位和历史具体性。在另一段中,他进一步强调了喻象论的现实批判维度:

> 但新的反对势力来自那些希望完全排除《旧约》或仅抽象地、寓言地解释《旧约》的人——这样基督教就必然失去其神意历史的概念、其内在具体性,因此也无疑会失去其巨大的说服力。在与那些鄙弃《旧约》并试图剥夺其

意义的人的斗争中,喻象论再次证明了其价值。(Auerbach,1973[1938]:51—2)

在奥尔巴赫的理解中,基督教的"巨大说服力"来自它"神意历史的概念"和它的"内在具体性",也就是说,基督教原本就是一种世俗的宗教。布鲁门伯格在《现代性的合法性》一书中表达了和奥尔巴赫相似的对基督教的理解。布鲁门伯格认为,基督教的初衷恰恰是"世俗化"(Verweltlichung),即末世希望的世俗实现,只有在这个希望落空时,基督教才背离了世界;在诺斯替主义的影响下,基督教将目光投向天堂,转向对神恩的承诺,而它克服诺斯替主义的努力也以失败告终。"末世的未来不仅变得渺茫,它也失去了与曾被传达给得到救赎的人类的救赎祝福之间的联系。"(Blumenberg,1985:44)

奥尔巴赫对圣保罗的讨论值得关注。圣保罗——这位充满个性的原法利赛人、基督教会的创立者——在弗里德里希·尼采(Friedrich Nietzsche,1844—1900)的笔下是"仇恨的天才",是把基督"钉在他自己的十字架上"的人。在《敌基督》一书里,尼采称保罗"伪造了犹太人历史,使之成为他自己成就的序幕"(Nietzsche,2000:55)。尼采对圣保罗的评论后来被德国反犹势力看作把圣保罗作为替罪羊的证据之一。在《喻象》里,奥尔巴赫把保罗看作是"喻象论"的奠基者之一:

> 从整体上来说,这本书[《旧约》]对他而言已不再是一本律法书和关于以色列历史的书,而从头到尾成为对基督的预言和喻象……其中的一切都是为了"我们"而写的(《哥林多前书》9:10,《罗马书》15:4),最重要的神圣事件、圣礼和律法正是基督和福音的暂时的形式和喻象——确实是我们的逾越节(etenim Pascha nostrum)。(Auerbach,1973[1938]:51)

这是一段意味深长的评论。要注意其中奥尔巴赫对"我们"一词的使用:"我们"包括的已不再仅仅是犹太人,而是一个超越了犹太民族而涵盖了所有民族的范畴;通过喻象连接,逾越节成为了"我们"的逾越节。保罗说,"要救一切相信的,先是犹太人,后是希利尼人"(《罗马书》1:16)。"希利尼人"就是gentiles,非犹太人。法国哲学家阿兰·巴迪欧(Alain Badiou,1937—)说,保罗向我们显示了"普世的个体性"(Badiou,2003:13)的可能。奥尔巴赫则说,通过"喻象论",《旧约》作为一部民族史书所失去的,却在具体的戏剧性现实中获得"(Auerbach,1973[1938]:51)。换言之,《旧约》不再仅仅是犹太民族的历史,也不再是《新科学》中的理念世界史,而是世界史的一部分,是具体的、历史的"喻象"与"实现"。

"具体的戏剧性现实"就是《法利那太和加发尔甘底》一章中所强调的"戏剧性历史性"(Auerbach,1959:185)。奥尔巴赫对黑格尔历史观的"喻象论"改造的后果之一,是"戏剧性历史性"的无限强化。无限强化的戏剧性历史性就是奥尔巴赫所谓的但丁的"压倒一切的现实主义"(Auerbach,1959：189),这种现实主义也就是我们耳熟能详的奥尔巴赫的"世俗现实主义",但值得注意的是,在奥尔巴赫的论述中,但丁的压倒一切的现实主义恰恰是与通常意义上的"世俗现实主义"相反的"彼世现实主义":

> 彼世永恒不变,却又充满历史……这种彼世现实主义与任何纯粹的世俗现实主义都不同。在彼世,人不再有世俗行动或牵连,而在世俗的人物事件再现中,他必有世俗行动或牵连。相反,他处于一种永恒的情境中,这是他所有行动的总和与结果,同时,这也告诉他,他的生活和性格中哪些是决定性的方面。就这样,他的记忆被引向一条路,虽然对于居于地狱者而言,这条路是凄凉、荒芜的,但它却始终是正确的路,这条路揭示出个人生命中的决定性因素。在这种情况下,死者出现在生者但丁面前。(Auerbach,1959：189)

奥尔巴赫对但丁的地狱现实主义的论述是《法利那太和加发尔甘底》中最感人的部分,也是最体现出奥尔巴赫的"存在主义"的部分。他之所以选取但丁的《地狱篇》,而非他的《炼狱篇》或《天堂篇》来讨论,正在于《地狱篇》中的鬼魂的存在是万劫不复、完全没有希望的。相比但丁的炼狱和天堂而言,但丁的地狱更"充满"了世俗世界:炼狱和天堂里的灵魂"不回看他们的世俗生活,不像地狱里的灵魂那样,而是向前看、向上看"(Auerbach,1959:185)。法利那太和加发尔甘底的境遇从"世俗"的角度来看是不可想象的:"他们所处的境况与任何可以想象的世俗境况都不同,这不仅从实际意义上而言(他们处在燃烧的坟墓中),而且从原则上而言,他们在时空维度上都是不变的"(Auerbach,1959:183)。但即便失去肉身、毫无希望、受地狱之火的灼烧,他们的"热情、痛苦和快乐都保存了下来"(Auerbach,1959:189)。奥尔巴赫写道:

> 历史的浪潮的确到达了彼世之岸:部分以对尘世过去的回忆的形式、部分以对尘世当下的兴趣的形式、部分以对尘世未来的关注的形式,在所有这些情况下,时间性被喻象式地保存在无时间性的永恒之中。每个死者都将自己在彼岸的状况理解为自己尘世戏剧的最后一幕,永远上演着。(Auerbach,1959:189)

从"世俗"的角度来看,地狱中鬼魂的不可想象的状态无异于一种"例外状态",或者说,"紧急状态"。政治思想家、法学家卡尔·施密特(Carl Schmitt,1888—1985)在其《政治神学:主权概念四章》(*Politische Theologie：Vier Kapitel zur Lehre von der Souveränität*，1922)一书中提出的"例外状态"(Ausnahmezustand)的概念被布鲁门伯格称为"世俗化理论中最强有力的版本"(Bloomenberg，1985：92)。施密特认为，法律秩序在"例外状态"下是无效的，"例外状态"只能通过绝对主权的决策性干预而得到解决，这说明，现代民主国家的理性主义有一个持续存在的神学核心。"现代国家学说的所有重要概念都是世俗化的神学概念"(Schmitt，2005[1922]：36—52)。把与第三帝国有共谋关系的施密特和奥尔巴赫相联系，从政治正确意义上来说，是有欠妥当的，但从世俗化理论角度来看，两者间存在意味深长的关联。在施密特和奥尔巴赫的论述中，"例外状态"都是临界情况，是使尘世与彼世的联结得到强化和彰显的情况。施密特的政治神学突出了经典世俗化理论中发生在神圣与世俗领域之间的"转移"概念，"例外状态"是使这种"转移"得到彰显的临界情况。在奥尔巴赫的地狱现实主义中，"例外状态"是一种充满戏剧性与紧张感，使得"世界"与神意的联结得到集中强化的临界情况。在但丁的现实主义中，我们看到的不是由上而下的"转移"，而是"世界"的边界向神圣领域的拓展。奥尔巴赫，或者说他的但丁，要把世界归还到神意的宏大计划中去，因为两者本身就是交融的。这是奥尔巴赫笔下的"世俗世界的诗人但丁"所做的。但丁的世界在神意的计划下展开，而神意本身就是"世界"的。

在奥尔巴赫对但丁的"地狱"这个"例外状态"的讨论中，我们可以看到奥尔巴赫的"存在主义"的集中表达。法利那太和加发尔甘底的境遇与奥尔巴赫写作《摹仿论》时的境遇之间存在着一种镜像关系。流亡中的奥尔巴赫与法利那太和加发尔甘底一样，也身处一种"例外状态"：离开柏林是一种死亡，在他身边，成千上万的人死去、成千上万的人痛苦着，他身处一段让人看不到希望的历史，濒于绝望，这种时空感和法利那太和加发尔甘底在地狱中的时空感相似。作为史诗的《摹仿论》是充满戏剧性与紧张感的"例外状态"的产物。如但丁笔下"佛罗伦萨、意大利和世界的历史展开"（Auerbach，1959：190）那样，世界文学的历史在奥尔巴赫笔下展开。在"例外状态"下维系奥尔巴赫对人性的信仰的，是像但丁笔下法利那太和加发尔甘底那样的形象——即便是在地狱中，人的尊严与个性仍不能够被摧毁，"正是基督教关于整个人类个体不可被摧毁的概念使之［但丁的现实主义］成为可能"（Auerbach，1959：191）。信仰犹太教的普鲁士人在但丁的地狱里与自己的身份达成了和解。

历史学家海登·怀特（Hayden White，1928—2018）把奥尔巴赫的喻象论理解为一种文学史观，他用"现代性历史主义"（modernist historicism；White，1996：124）一词来描述奥尔巴赫的"喻象论"。怀特认为，"奥尔巴赫的《摹仿论》不仅是一种特定的文学表现形式——即'喻象论'——的历史，它也是一部被设想为一系列喻象与实现的关系的历史"(White,1996:128)。在怀特看来,"喻象与实现的关系的历史"包含两个层面的意思,一个层面指的是"历时的'情节'",另一个层面,也是怀特更为强调的方面,是其共时的维度:

> 但文学史的范式或者说共时维度又如何呢?如果说,奥尔巴赫用喻象—实现的模型来描述文学现实主义发展的各个时期,他又如何思考特定时期的内在关系,即,诸如时代或时期的完整性和连贯性问题以及文本与语境的关系的问题,更具体地说,文本的"代表性"问题?(White,1996:129)

怀特对此给出了这样的解释:

> 对于奥尔巴赫来说,文学文本是其语境的提喻,也就是说,它是语境"喻象"的一种特殊的"实现"。在奥尔巴赫实际的阐释实践中,奥尔巴赫倾向于将文本"呈现"为一种"再现"——与其说是对社会、政治和经济环境的再现,不如说是对文本作者对这些环境的体验的再现……这样,喻象(作者对语境的体验)及其实现(文本)之间的关系即隐含与明确之间的关系。(White,1996:129)

怀特这里强调的"共时性"方面指的是文本与社会语境之间的关系。文学文本是其语境的提喻,也就是说,文学文本是整体的一部分,可以代表整体。值得注意的是,怀特这里提到的"特定时期的内在关系——即,诸如时代或时期的完整性和连贯性问题"指向在德国浪漫主义和黑格尔哲学中具有相当重要意义的一个概念:Volksgeist。Volksgeist 一词有"民族精神"的意思,奥尔巴赫在《维柯与赫尔德》一文中就批判了赫尔德等浪漫主义者的"民族精神"理念。在黑格尔的历史哲学中,Volksgeist 一词也有"时代精神"的意思。艺术史学家贡布里希(E. H. Gombrich, 1909—2001)是黑格尔的"时代精神"理论的最著名的批判者之一,他在《艺术的故事》(*The Story of Art*, 1950)中写道:

> 艺术被看作一种主要的"时代表现"。尤其是在这一点上,艺术史学(甚至像这样一本书)的发展对传播这个信念尽过一分力。当我们回翻书页时,难道我们大家并不感觉希腊神庙、罗马剧场、哥特式主教堂或现代摩天楼都"表现"了不同的心理状态,都标志着不同的社会类型吗?如果把这个信念简单地理解为希腊人不可能建成洛克菲勒中心,而且也不可能想去建造巴黎圣母院,那么它还是有道理的。但是它蕴涵的意思往往是,希腊人的时代条件,或者所谓时代精神,必然要开出帕台农神庙这

个花朵,封建时代不可避免地要建造主教堂,而我们则注定要建造摩天楼。根据这种观点——我并不持这种观点——一个人不接受他所在时代的艺术,当然就是既徒劳又愚蠢。①

与贡布里希不同,怀特将 volksgeist 作为他讨论奥尔巴赫"喻象论"的潜在文本,他指出了"喻象论"与黑格尔的"时代精神"之间的联系。怀特认为,"喻象""与其说是对社会、政治和经济环境的再现,不如说是对文本作者对这些环境的体验的再现",也就是说,喻象论不是反映论,至于喻象论是什么,怀特这里的描述更接近奥尔巴赫的好友本雅明的"摹仿论"——即本雅明的"对应(correspondence)论"。本雅明在写于 1933 年的《论模仿能力》("Über das mimetische Vermögen",1933)一文中提出了"非感官相似性"(unsinnliche Ähnlichkeit)的概念。在光怪陆离的现代社会,人的模仿能力"日益脆弱",但这不能只看作是一种能力上的衰退,它也是一种能力上的改变。本雅明写道:

> 曾受相似性法则支配的生活领域包罗万象,它统治着微观世界和宏观世界,但只有当我们看到所有这些自

---

① [英]贡布里希:《艺术的故事》,范景中译,南宁:广西美术出版社 2015 年版,第 612 页。

然对应关系是人类的模仿能力的激发物与唤醒物、人的模仿能力又回应了这些对应关系的时候,我们才能意识到他们真正的重要性。(Benjamin,2003[1933],720)

本雅明认为,我们的生存条件已让我们丧失了"生产"相似性的能力,但即便是在发达资本主义的年代,我们仍具有生产非感官相似性的能力。本雅明的"非感官相似性"的概念可以从以上引文中的"对应"一词来入手理解。这里的"对应"呼应了本雅明最欣赏的法国诗人波德莱尔的"对应论"。波德莱尔的《恶之花》中最著名的一首诗《对应》是对其对应论的最好诠释。"自然是一所神殿,那里的立柱/不时释放出神秘的话语,/人在象征之林中穿过/所有的事物都熟悉地看着他"(Baudelaire,1962:12)。马修·阿诺德(Matthew Arnold,1822—1888)曾说,文学是宗教的替代物。波德莱尔的诗便是宗教的替代物。《对应》中的"人"在一个被祛魅了的世界中穿行,他要做的,是辨识出并回应自然的"熟悉的目光"。本雅明的"非感官相似性"所回答的是当我们已失去了这种辨识、回应自然目光的能力时,我们还剩下什么;他认为,我们还剩下一种间接的模仿能力,即对环境的共同体验的模仿能力。

本雅明的"对应论"不比奥尔巴赫的喻象论缺乏神秘色彩,但相比后者而言,它更接近于怀特所说的"文本作者对环境的体验的再现"。怀特认为,相比于历时的维度,文学及其语境之间的关系是奥尔巴赫的喻象论文学史观的更重要的方面(White,1996:131)。怀特犀利地指出了奥尔巴赫的喻象论中的共时性维度,但值得注意的是,他用以证明其观点的例子都选自《摹仿论》中奥尔巴赫对巴尔扎克的"氛围现实主义"的讨论的章节:"包括人在内的环境的风格统一性这点并没有被理性地确立起来,而是被再现为一种惊人的、立即被理解的状态,纯粹是暗示性的,没有任何证据"(White,1996:130),"我们看到的是特定环境的统一性"(White,1996:130)。

奥尔巴赫恐怕不会认同怀特。从整本《摹仿论》来看,怀特的论点并不能站住脚跟,因为奥尔巴赫的"喻象论"中至关重要的一点正在于,每一个时代/民族都不是自足、独立的,每一部文学作品的意义都是敞开的——它在一个被不断"喻象"与"实现"的宏大计划中而不断被阐释并获得意义。怀特对"喻象论"的共时维度的理解与他对其历时维度的理解是一致的——在历时层面上,怀特将"喻象论"看作一种水平的文学史观,这和萨义德在《摹仿论》的英文版前言里把"喻象论"描述成"历史不仅向前发展,也向后发展"(Said,2003:xxi)有异曲同工之妙。这符合怀特将"喻象论"的共时维度置于历时维度之上。怀特对"喻象论"做了一种"世俗"的解读。"喻象论"是"基督'启示'的世俗对应"(White,1996:125)——怀特写道。

然而,在奥尔巴赫的历史观中,个体与神意的纵向联系才是"喻象"与"实现"的关系之基础,这是他在《摹仿论》,尤其是在《法利那太和加发尔甘底》这一章中所突出强调的。在这一章里,奥尔巴赫完成了他自《世俗世界的诗人但丁》一书中开始但没有完成的工作,即对但丁的历史观下一个定论。奥尔巴赫写道:

> 事实上,他[但丁]并不认为它[历史]只是一个世俗的过程、一个世俗事件的模式,他认为历史不断与上帝的计划发生联系,所有世俗事件都朝着这个目标发展。这不仅要理解为整个人类社会在不断向前发展(所有历史都水平地指向未来)过程中接近世界末日和千禧年的到来,而且还要理解为,每一个世俗事件和每一个世俗现象在任何时候都独立于所有前进的运动,而与上帝的计划直接相关。(Auerbach,1959:186)

值得注意的是,《法利那太和加发尔甘底》一章有一个急转的、突兀的结尾。在最后一段,奥尔巴赫写道:

> 根植于神圣秩序的原则——即整个历史和个人的不可毁灭性——因为这种对人的直接的、让人钦佩的同情,倒过来成了对这种秩序的反叛,使其服从于自己的目的,并使其相形见绌。人的形象遮蔽了上帝的形象。但丁的

作品使人的基督教喻象存在成为现实,并在实现它的过程中摧毁了它。(Auerbach,1959:193)

这段评论极为优美感人,它唯一的缺点是与文学史相悖。我们不需要读过以冷静客观著称的库尔提乌斯在《欧洲文学与拉丁中世纪》中对但丁的讨论,而只要对欧洲文学史稍有了解,就会明白,这段突兀的结尾带着多么强烈的主观色彩。达姆罗什对此段做出这样的评价:"这些是惊人的声明……几乎完全扭曲事实"(Damrosch,1995:109)。也许我们也可以从另一个角度来理解这段结尾。《法利那太和加发尔甘底》是《摹仿论》的高潮与转折,但丁的现实主义是《摹仿论》所讨论的文学作品中最接近"真实"的一部。《法利那太和加发尔甘底》这一章以后,《摹仿论》对文本的评论批评大于褒奖——奥尔巴赫认为,在欧洲的人文传统中,塞万提斯过于戏谑,薄伽丘流于轻浮、莎士比亚则执迷于文字游戏,从全书的结构来看,这些都是朝着"人的形象遮蔽了上帝的形象"的方向发展,是对"真实"的偏离。

《摹仿论》以一个"伤疤"开篇,以遮蔽伤疤的"长袜"结尾:维吉尼亚·伍尔夫(Virginia Woolf,1882—1941)的《到灯塔去》(1927)是荷马史诗《奥德修斯》的"实现"。奥尔巴赫似乎故意要用喻象与实现来打破成长小说的模型,但《摹仿论》却又未能完全摆脱成长小说的痕迹。《摹仿论》是一部破碎的成长小说,它起于一场没头没脑的归来,终于一场似乎永远也等不来的出发。《摹仿论》最后一篇《棕色长袜》分析的文本是现代主义作家伍尔夫的《到灯塔去》。《到灯塔去》可以说是伍尔夫最具实验性的一部小说,其叙事上的断裂——一种对战争效果对人心理造成的影响的模仿——是这部小说的特色之一。奥尔巴赫引用的部分是《到灯塔去》的第一部分:小詹姆斯盼望着去灯塔;兰姆西太太比着小詹姆斯的腿,量她为灯塔守护者的儿子织的长袜,"他们迟早都要去灯塔,她必须看看自己正织的袜子是否需要加长一两英寸"(Auerbach,1959:488)。奥尔巴赫在他的文本分析中并没有提到,在《到灯塔去》的第二部伍尔夫一笔带过兰姆西太太已离世,"他们迟早都要去灯塔"成为了一场永远不能被实现的冒险,而在小说的第三部分,当詹姆斯终于如愿以偿,到灯塔去,"到灯塔去"的意义已经完全改变,詹姆斯已不是当初的小男孩,对冒险的憧憬也成了对责任的履行。

《奥德修斯的伤疤》中奥德修斯与乳母的关系在《棕色长袜》中兰姆西太太和小詹姆斯的母子关系中得到"实现",亚伯拉罕与以撒的父子关系则是《追忆似水年华》中的小马塞尔和父亲的关系的"喻象"。"长袜"虽然不能修复"伤疤",却可以遮盖伤疤,兰姆西太太的富有同情心的"编织"呼应了《奥德修斯》中佩涅罗佩的"编织",它同时也是奥尔巴赫的"编织"——奥尔巴赫通过一种充满同情的"编织"遮盖了他的"伤疤",但伤疤没有消失。历史去向何处？《摹仿论》最终还是留下了一个奥尔巴赫给维柯的问题，它并没有通过喻象论而得到消解，但至少，在奥尔巴赫的"世界文学"中，奥尔巴赫看到了救赎的希望。奥尔巴赫写道："不可否认的是，无论何时何地，当我们应对生活的细节时，我们和与我们亲近的人每天都会经历不公正。为了能够平静地忍受发生在集体和个人身上的不公，我们必须要有对一个计划的预知，从而以这个计划为目标，在这个计划的'实现'的视野下，使混乱变得有序。"（Auerbach，1967：204）

在奥尔巴赫看来，基督道成肉身是神成为人、人成为神的历史性时刻，这是最终的"真实"，也是所有"摹仿"最终指向的一刻。值得注意的是，奥尔巴赫通过《摹仿论》而将神学作为科学的基础。《摹仿论》指向的是科学，它是奥尔巴赫的《新科学》。在《新科学》里，维柯认为，语文学的科学化要依靠形而上学，奥尔巴赫通过《摹仿论》要说明的是，这并不是必须的，我们可以通过历史视角主义（historical perspectivism），即"人是多样性的统一"，来完成语文学的科学化。这是一项集体的工作，但同时，这也是一项个体的工作。通过挖掘人的内在，即人的 conscienza（良心/意识）——人作为个体与神的联系——便可以无限接近 veritas。需要指出的是，维柯与奥尔巴赫都没有背弃理性——《新科学》是"关于神圣神意的理性公民神学"。奥尔巴赫指出，"共识"（senso comune）不是理性,但也不是非理性。重审世俗化理论与"世俗批评"的概念并不是从根本上背弃启蒙传统,而是揭示出其中的多样与模糊。如维柯所言,"缪斯源于宙斯"——创造源于敬畏,用奥尔巴赫的话来说,则是将骄傲的理性人与神和世界联系起来。

第二部分

从创(natio)世(mundus)文字(gramma)到解构"解构"
——论维柯的"文字世界"与达姆罗什的"世界文学"

大卫·达姆罗什的《什么是世界文学?》终于奥尔巴赫《摹仿论》的起点。《什么是世界文学?》的最后一章标题为《足够的世界与时间》(Damrosch:2003,281),这与《摹仿论》的题词——"如果我们有足够的世界与时间"——相呼应。"如果我们有足够的世界与时间"语出十七世纪英国玄学派诗人安德鲁·马维尔(Andrew Marvell,1621—1678)的诗《致他羞怯的情人》("To His Coy Mistress")。马维尔原诗用丰富迷乱的意象组合表现了一个欧洲文学传统中自贺拉斯以降经久不衰的主题——"及时行乐"(carpe diem)。

> 如果我们有足够的世界与时间,
> 这羞怯,女士,便不是罪孽。
> 我们会坐下,思考去哪儿
> 漫步,度过我们悠长的爱日;

> 你会在印度的恒河岸边
> 找到红宝石,我会
> 伴着恒伯河的潮汐哀叹。
> 我会在洪水来临的十年前爱你;
> 而你,如果愿意,会拒绝
> 直到犹太人皈依基督……

一系列的虚拟句式转而突兀地被生硬的现在时打破:

> 但我总听到背后
> 时间带翼的马车迫近;
> 而我们面前尽是
> 浩大永恒的荒漠……

诗人因此得出似富有逻辑的结论:让我们用狂暴的欢爱克服时间。克服时间、试图穷尽世界、一种富有爱意与平衡感的讽刺——在达姆罗什与奥尔巴赫的书中我们都能读到,但《致他羞怯的情人》里虚拟的浩瀚"世界"超出了《摹仿论》涉及的范围,却被《什么是世界文学?》尽数囊括。奥尔巴赫的题词充满了"吾生也有涯,而知也无涯"的无奈——即便是从《圣经》到伍尔夫也穷尽不了世界文学的一隅,而达姆罗什的改编则体现出一种自信——是时候研究"世界文学"了。

达姆罗什是一位文艺复兴式的人物,几乎所有达姆罗什的评论者都会提到他的渊博,但似乎并没有人指出过他的渊博与同样以渊博著称的诸如库尔提乌斯、奥尔巴赫、莫莱蒂等学者的渊博有何区别。作为比较文学经典的《什么是世界文学?》与同样是学科经典的《欧洲文学与拉丁中世纪》《摹仿论》《远程阅读》《文学世界共和国》相比,除了其明显的去西方中心主义的特点外,有什么独特之处?——"文字世界"(scriptworlds),或者说,是达姆罗什对文字世界与语言世界的并重。对文字的关注与去西方中心主义的联系,那位最著名的解构者在1967年就已为我们指明,但达姆罗什与德里达的关怀与侧重显然不同。

《什么是世界文学?》所涉及的文学作品远远超出了希腊字母与罗马字母所涵盖的范畴,而包括了楔形文字、象形文字、西里尔字母、希伯来字母、阿拉伯字母、汉字等诸多文字系统所构成的语言与文学世界,这一显著的特点,在现有的关于《什么是世界文学?》的评述里尚未见被提及。在《文字世界:书写系统与世界文学的形成》("Scriptworlds: Writing Systems and the Formation of World Literature", 2007)与《全球文字与文学传统的形成》("Global Scripts and the Formation of Literary Traditions", 2013)等文章里,达姆罗什提醒我们注意"全球文字"(global scripts)的重要性:"全球文字"是一个"在大多数关于区域与全球文学的讨论中缺失的词汇";"人们通常只考虑文字与原生语或语系的关系,而那些在全球范围流通的文字,其影响力却远远超出了其语言基础";"全球文字是一个广大文学系统的基础"(Damrosch 2007:195)。

值得注意的是,文字与语言的相互依存与角力在达姆罗什的叙述中成为了全球与地方辩证关系的具体形式与思考"世界文学"的基本单位。《什么是世界文学?》这篇尝试定义"世界文学"的散文,其核心便是文字之争。每种文字世界都自成一体,但与其他文字世界的疆界并非泾渭分明。文字是文学生产与流通的基础,语言与文字共生共灭。古代两河流域流通最广的文学作品《吉尔伽美什史诗》随着楔形文字的消失而消失了两千多年,《什么是世界文学?》的第一章讲述的就是这个美索不达米亚最"畅销"的文学作品失而复得的故事。现存的所有《吉尔伽美什史诗》的版本,包括四种语言与若干方言,都是用楔形文字写就的。文字是不同文学、文化、意识形态与宗教角力的阵地。《什么是世界文学?》关注的是人与人、人与神、神与神之间围绕文字展开的形式多样的争斗、协商、和解与"立约"。这是一个文学与社会不断"再生"的故事,也是一个不断给予世界以秩序与保存对神的记忆并进的故事。

在欧洲思想文化传统中,维柯是第一位给予文字以严肃的关注并提出文字与语言共生观点的学者。这个论断出现在德里达的《论文字学》中。如果说维柯代表了西方思想文化中一种被长期压抑的传统,那么达姆罗什和孔德、克罗齐、伯林、奥尔巴赫等学者一样,是这个传统的继承者,但不同的是,他比任何人都更关注文字,这也体现出他早期在耶鲁求学时受到的解构主义大本营的思想熏陶对他的学术生命持久、挥之不去的影响。目前尚未见到有关维柯与达姆罗什的文字与文学思想的联系的研究。一方面,学界对维柯与达姆罗什各自的文字思想都尚未给予应有的关注,另一方面,达姆罗什对维柯文字思想的继承虽有力,却含蓄。

与第一部分对"历史"的侧重不同,本部分以"文字"为切入点。本部分由三章组成。第四章从维柯对"国族"与"世界"的具有颠覆性的词源学解释入手,探究维柯的解释背后《旧约·创世记》的内涵与框架,从而推导出《新科学》的两个核心概念——创生与给予秩序,给予秩序是"世界"——一个不断立约与创造制度的过程。《新科学》讲述的是大洪水之后,众多非犹太民族如何在神意与人的内在神性的引领下创造制度(institute),即公民社会(mondo civil)的历史。其中,最基本的制度是文字。维柯把人类文字分为三个阶段,与人类社会的三个阶段相对应。通过对维柯的文字观与同时期其他西方学者对文字的论述的对比分析,本章突出强调维柯文字观的两个重要特点,即多元创生论与非线性历史观,这是达姆罗什的著名的多元主义与其提出的"超然介入"(detached engagement)的阅读伦理的基本条件。

《新科学》强调的是不同文明与文字在相互隔绝的情境下的创生。相比"创生",达姆罗什更关注不同文明与文字在交流碰撞过程中的不断"再生",但再生与创生一样,都通过"立约"完成。第五章从对达姆罗什提出的"叙述契约"概念的分析入手,揭示出契约概念中所蕴含的"作者之生"的思想。本章进而结合对《什么是世界文学?》的分析,观照达姆罗什的"世界文学"与维柯的"文字世界"思想的联系,提供一种较新颖的理解达姆罗什的"世界文学"论述的角度与方式。"作者之生"是对罗兰·巴特(Roland Barthes)与米歇尔·福柯(Michel Foucault)等学者提出的"作者之死"理论的颠覆,是"超然介入"阅读模式的基础。《什么是世界文学?》不仅终于《摹仿论》的起点,其结尾也与德里达的《论文字学》呼应。第六章从《什么是世界文学?》对德里达的呼应谈起,结合达姆罗什对他的老师保罗·德曼(Paul de Man)的评判,剖析达姆罗什如何创造性地运用《新科学》来解构"解构",将众神、人与历史归还文本。达姆罗什对扎伊尔/刚果作家姆布威尔·恩加(Mbwil a M. Ngal)用法语写作的小说《詹巴蒂斯塔·维柯;或非洲话语的蹂躏》(*Giambatista Viko ; ou, Le Viol du discourse africain*,1975)作了英译,本书结尾从对此英译本的分析入手,进一步讨论达姆罗什的"文字世界"与"世界文学"的联系。

四、创(natio)世(mundus)文字(gramma)：
维柯的"文字世界"

《新科学》全名为《詹巴蒂斯塔·维柯关于各民族共性的新科学原理》(Principj di scienza nuova di Giambattista Vico d'intorno alla comune natura delle nazioni)。托马斯·戈达·伯根(Thomas Goddard Bergin)与麦克斯·哈罗德·费什(Max Harold Fisch)在其翻译的《新科学》英文版节选本译本[①]中提醒我们注意维柯对"民族"(拉丁文 natio、gens，意大利文 nazione)一词的理解：

> 从词源学来看，"民族"是一种"出生"或"出世"，因此一个民族是有相同起源的族群，或者，更广义地说，是共同的语言与其他制度。(这里并不涉及近代的民族国家概念，也不专指政治制度。)(Vico, 1948: xxiii)

伯根与费什也提醒我们注意《新科学》中"世界"的概念：

---

① 朱光潜先生提供了伯根与费什节译本的中文译本(1989)，本书对《新科学》的翻译由作者根据英文全译本(耶鲁大学出版社,2020)译出，对伯根与费什译本(1948)的注释的翻译参考了朱光潜先生的译本。朱光潜先生在他的1989年版译本中把 civil world 译为"民政世界"。考虑到 civile 一词的多层含义，本书取其更直接的意思，译为"公民"。

"世界"(mondo)在这里有希腊文 kosmos 和拉丁文 mundus 的"宇宙"的意思,指的是从丑恶的混沌(chaos)中创造出美好的秩序。这里所说的"混沌"就是男女进行野兽般杂交所造成的人种的混杂,诺亚(Noah)的希伯来族以外的人的后裔曾堕落到这种男女混杂的状态。继混沌而来的宇宙首先是宗教、婚礼和葬礼这些原始制度的创立,特别是婚礼,其次才是由这些原始制度发展出来的各种社会制度综合体。(Vico, 1948: xxiv)

伯根与费什对"混沌"与"秩序"的解释遵循的是《新科学》的叙述,但他们并没有指出(或许他们认为不用指出),支撑起整部看似只关于非犹太人历史的《新科学》背后的柏拉图式的理念世界——《旧约》的世界。

《新科学》讲述的是大洪水之后,"迦勒底、斯基泰、腓尼基、埃及人、希腊和罗马"(Vico, 2020: 43)等非犹太(gentile)民族在神意(divine)与人对神意的意会(divination)的引领下,克服混沌,创建制度,建构公民世界(mondo civile)的过程。gens 和 natio 同义,都是"创生""民族"的意思,但 gens 的形容词有两层与 natio 的形容词不同的含义:一层指向罗马法中的继承权,另一层指的是区别于希伯来民族的众多异教民族,这两层意思都包含在维柯对 gentile 一词的使用中。《新科学》讲述的是非犹太民族代代相传、经历与再经历创造人类制度的过程。"过程"(corso)与"再过程"(recorso)是《新科学》卷四与卷五的标题的关键词:《关于民族经历的过程》(*Del corso che fanno le nazioni*)、《关于民族复兴中人类制度的再经历过程》(*Del ricorso delle cose umane nel risurgere che fanno le nazioni*)。在上一部分我们讲到,正是这个 corso 与 ricorso 循环往复的过程使得奥尔巴赫得出《新科学》没有基督,因此维柯是异教徒的结论;但与此同时,奥尔巴赫非常清楚,整部《新科学》都建立在《圣经》的理念世界之上,只是把犹太人的历史变成理念,排除在历史之外,这在当时的历史背景下,奥尔巴赫于情于理都是不能接受的。《新科学》卷五的题目里"民族复兴"中的"复兴"用的是基督复活的"复活"(resurrection,resurgere),ricorso 这个词也不仅有"再经历"的意思,还有法律意义上"申诉"的意思。熟悉《旧约·约伯记》的读者应该会记得《约伯记》中一系列关于法庭与审判的词汇:"世界交在恶人手中,蒙蔽世界审判官的脸,若不是他是谁呢?"(《约伯记》9:24);"他本不像我是人,使我可以回答他,又使我们可以同听审判"(《约伯记》9:32);"我们中间没有听讼的人,可以向我们两造按手"(《约伯记》9:33)。

维柯本人对"世界"一词的词源学解释更清楚地显示出《新科学》与《旧约·创世记》的联系:

> 最后，在这个时候，他们[神学诗人]开始把所有短坡都称为 mundus……后来他们又把所有用来清洁、完善和整理女子的物品都称为 mundus("女性装饰")。再后来，他们理解地和天呈球形，圆周的每一部分都向其他部分倾斜，地在各方都被海浸润……鉴于这一切，宇宙被称为 mundus，它以最美丽与崇高的隐喻表达了自然如何装饰自己。(Vico,2020:307)

破译《吉尔伽美什史诗》中大洪水故事的英国亚述学学者乔治·史密斯(George Smith,1840—1876)是第一个指出《旧约·创世记》中的"海"("渊面";《创世记》1:2)，即希伯来语的 tehom 与巴比伦创世神话《埃努玛·埃利什》(Enūma Eliš)中原始海洋女怪提亚马特(Tiamat)的名字有联系的学者。《埃努玛·埃利什》里的英雄马杜克(Marduk)通过打败提亚马特而创建秩序;《旧约》第一个创世故事的开始,"神的灵运行在水面上"(《创世记》1:2),克服这混沌的是神"造出空气,将空气以下的水,空气以上的水分开"(《创世记》1:7),"神称旱地为地,称水的聚处为海"(《创世记》1:10)。维柯向我们描述的"世界"已经是一个天地分开的有序的世界,正如伯根与费什指出的,维柯的"世界"是创造秩序的意思,这个创秩序的原型便是《创世记》。

《新科学》与《创世记》一样,记述了一个不断在混沌中创造秩序的过程。在《创世记》里,这个过程是通过一系列上帝与人的立约来实现的。希伯来的上帝是一位会悔过的神,希伯来语里的"悔过"(nacham)的字面意思是"变心"。《创世记》里,上帝通过一系列的"变心"、向人类让步、与人类立约而学会与人类相处。从亚当、夏娃到诺亚,从亚伯拉罕到雅各,神与人的立约改变了人,也改变了神。当亚当与夏娃破坏了与耶和华的约定,偷吃了善恶树上的果子,他们果如耶和华所言,"吃的日子必死"(《创世记》3:3)——耶和华"在伊甸园的东边安设基路伯和四面转动发火焰的剑,要把守生命树的道路"(《创世记》3:24)。大洪水之后,耶和华再次"变心":"耶和华闻那馨香之气,就心里说,我不再因人的缘故咒诅地(人从小时心里怀着恶念),也不再按着我才行的,灭各种活物了"(《创世记》8:21),遂与诺亚和他的儿子立约,"凡有血肉的,不再被洪水灭绝,也不再有洪水毁坏地了"(《创世记》9:11)。见人类依然不改罪恶,耶和华转向了与单个民族的立约。奥尔巴赫《摹仿论》的第一章里选取的文本"亚伯拉罕献祭"是耶和华对这一次与他立约的族长亚伯拉罕的考验。这一次,约被立在肉体上,"作永远的约"(《创世记》17:7)。当《旧约》中最有个性的希伯来族长雅各被改名为"以色列"(与神角力的人)、一瘸一拐地进入被应许之地时,他和与他摔跤、扭了他大腿窝的上帝已改变了彼此。

通过立约来实现的秩序化,或者说,"世界化"的过程也是从高处到低处的"世俗化"过程。《创世记》的第一句的字面意思和《埃努玛·埃利什》的题目的意思相同,即"在高处时"。

在 saeculum 一词的词源意思中,获得此世时间的时间性含义和离开神圣领域、进入"世界"的空间性含义可以说在亚当和夏娃被赶出伊甸园的那一刻,就已开启了,而诺亚方舟则是人类复归——或者,用维柯的词来说,ricorso——的高潮。

"世界"(给予秩序)、立约与世俗化——《创世记》的主题也是《新科学》的主题,但《新科学》从大洪水后写起,其处理的问题不再是神与单个民族的立约,而是众民族如何通过"诗性智慧"来创造秩序。这里值得注意的是,对维柯而言,诗性智慧——无论是想象力、记忆力还是激情——其本质是创造;在《新科学》的第二卷里,维柯写道,诗人是人类社会的缔造者——"诗"在这里取的是希腊语 poesie(创造)的意思(Vico,2020:134)。诗性智慧因此与 natio(创生,民族)相关,也与 instituzione(创造制度)相联。维柯认为,最根本的人类创造是制度的创造,创造制度即创造"民族世界";宗教、婚姻和葬礼这三种所有民族共有的制度是人类诗性智慧的体现,也是神意的证明,而所有制度的创造都离不开文字与语言。

维柯在《新科学》里发展出一套极富原创性的文字语言观,学界对此还未给予充分的关注——比如,《新科学》第二卷里这一段:

> 他们[学者们]认为文字的起源和语言的起源是分开的,但两者本质上是相联的。事实上,他们本应从"语法"

(grammar)和"字符"(character)这两个术语中注意到这一点。虽然"语法"被定义为言语的艺术,但grammata是文字,因此,语法应该被定义为书写的艺术……所有民族最初都是通过书写来言说,因为他们最初是无言的……首先有诗性文字,再有表音文字。(Vico,2020:158)

德里达在《论文字学》(*Of Grammatology*,1967)中解构了所谓的"西方""语音中心"(phonocentric)"传统"和与其相联的逻各斯中心主义和本体论神学。为了说明这个传统,德里达花了大幅篇幅讨论卢梭。虽然德里达在讨论"西方"的同时解构了西方,但卢梭在多大程度上能够代表一个形而上学"传统",这是备受争议的。值得注意的是,《论文字学》的正文里有四次提到维柯,都是一笔带过,作为卢梭的陪衬出现——德里达要说明的是,虽然两者的思想有相似处("analogue";Derrida,1967:307),但这并不妨碍卢梭的原创性(l'originalité;Derrida,1967:384)。[1] 然而,在注解里,德里达给予了维柯较客观的评价:

> 但是,如果说卢梭和维柯都肯定原始语言的隐喻性

---

[1] 对维柯、卢梭与德里达文字观的对比分析,笔者另有专文论述,在此不作展开。

质,却只有维柯认为原始语言具有神圣的起源……此外,维柯是少数认为书写和言语是同时发生的人之一,甚至可以说是唯一持这种见解的人。(Derrida,1967:156)

此处,德里达引用了《新科学》:"'语言学家们认为,各民族中,语言先出现,然后是文字;然而……文字和语言是同生同长的。'"(Derrida,1967:156)①

欧洲历史上,给予文字与语言以同等关注的,维柯并非第一人。从文艺复兴到维柯的时代,异域文字热是欧洲东方想象的重要组成部分。立陶宛学者尤吉斯·巴尔特鲁萨蒂斯(Jurgis Baltrusaitis, 1873—1944)在其《寻找伊西斯》(*La Quête d'Isis*,1967)一书中对欧洲文艺复兴时期的"埃及热"(l'égyptomanie)有生动的介绍。书名中的伊西斯女神在当时被视为神圣文字的发明者、密教智慧的源泉。拿破仑便是这个传统的继承者。在拿破仑东征、军官布沙尔发现罗塞塔石碑(1799)、商博良(Jean-François Champollion, 1790—1832)破译埃及象形文字(1822)之前,被视为天才、骗子、"埃及学替罪羊"(Iverson,1961:93—4)的德国耶稣会士阿塔纳修斯·基歇尔(Athanasius Kircher,1602—1680)是欧洲埃及学的权威与推动埃及热的核心人物。在其多卷本《埃及俄狄

---

① 原文见Vico, 1948[1744]:4—5,原文的最后一句是"文字和语言同生,并行经过三个阶段"。

浦斯》(*Oedipus Aegyptiacus*, 1652—1654)里，基歇尔声称破译了象形文字；他的"翻译"在两百年后为商博良提供了灵感，虽然他的翻译都是错的。基歇尔把象形文字理解为一种神秘学，他认为，象形文字是赫尔墨斯(Hermes Trismegistus)发明的一种编码其神秘学说的密码系统。

维柯耳濡目染这种埃及热，却没有落入将埃及神秘化与他者化的窠臼。《新科学》对埃及文明表现出深刻的敬意，但维柯对埃及的文字没有狂热的宗教投射，而是给予了一种更为"世俗化"的理解，这与他将语言与文字并重有着密不可分的联系。在《新科学》里，维柯拒绝把埃及看作"先于所有世界民族"(Vico, 2020: 43)的存在，即世界民族的源起；与之相应的是维柯对把埃及文字神秘化做法的批评。维柯写道：

> 我们必须在这里推翻这样一种错误观点，即象形文字是哲学家发现的，以便在象形文字中隐藏他们崇高深奥智慧的奥秘，正如埃及人所相信的那样。因为用象形文字言说是所有最早的民族都共有的自然必然性。(Vico, 2020: 162)

"正如埃及人所相信的那样"：这与《新科学》批判的"民族自负"(national conceit)——即每个民族都认为自己是最古老

的民族——呼应。在引文的立论部分，几个关键词值得我们注意——"共有的""自然"与"必然性"。这三个字在《新科学》中经常出现，《新科学》的标题中就有 comune（"共有的"）与 natura（自然、本性）。在本书第一部分对"常理"一词的提及中，我们提到了 comune/communis 与维柯的历史观的联系，这里，我们进一步探究 comune 与 natio 的关系。维柯认为，所有民族的创生都是隔绝发生的。"民族最初出现时，所有民族都是野性的、彼此封闭的，因此，他们对彼此一无所知"（Vico，2020：88），正是在这种闭塞状态下出现的民族共性证明了真理与神意的存在："在对彼此一无所知的各民族中出现的相同思想，必然有某种达到真理的共同动力。"（Vico，2020：78）

对于维柯的"共同"，我们可以用黑格尔对"必然性"的解释来理解："必然性是看似毫无联系的不同术语的不可分离性"（Hegel，1971：30）。维柯的 natura 是在任意时刻与任意情境下的 nascimento（生发），对维柯而言，民族的本性就是这种在互相隔绝状态下的共同生发、共同创造制度（institute），这种多元多源的文明生发正是神意的"崇高证明"（Vico，2020：117）。

在达姆罗什极具特色的多元主义里，我们可以看到对维柯这种在十八世纪不入时流、极富颠覆性力量的多元多源论的继承。维柯是一个不合时宜的人，但他敏锐地捕捉到了历史的走向。本雅明的"历史天使"的形象也许可以用来形容维柯:"他的脸朝向过去……风暴不可抗拒地将他推向他背对的未来"(Benjamin,2003[1940]:392)。维柯的多元多源论颠覆了十七、十八世纪盛行于欧洲的单一起源论、语言阶段论、民族承继说。无论是维柯批评的"民族自负"还是风靡欧洲的"异域风情",背后都有这些观念的支撑。与十七、十八世纪欧洲的"埃及热"并行的"中国风"(chinoiserie)很好地说明了这一点。在当时的欧洲,埃及被看作一种失落的神秘文化,中国则被视为理想的原始文明或文明发展的高级形式。广义的"中国风"指的不仅是对中国风格的迷恋,更是对"中国"的理想化。1615年在德国出版的《利玛窦中国札记》(*De christiana expeditione apud Sinas*)里提到了汉字在东亚的传播,激发了欧洲人对汉字的想象。1669年,英国人约翰·韦伯(John Webb,1611—1672)撰写了可能是西方最早的论汉语的论文——《尝试探讨中华语言是原始语言的可能性的史论》(*An Historical Essay Endeavoring a Probability That the Language Of the Empire of China is the Primitive Language*)。韦伯称,"中国是大洪水之后由诺亚本人在中国留下的后代,或闪在移居士拿前在中国留下的儿子们的后代"(Webb,1669:31—32);"中华语言很可能是原始语言,是大洪水之前全世界通用的语言"(Webb,1669:44)。

《新科学》里没有"唯一"的原始,也没有自我与他者。维柯把人类语言分为三个阶段,分别对应三个时代。第一阶段是象形文字,这是众神时代的文字,具有神圣性;第二个阶段是象征性语言,这是英雄时代的语言;第三个阶段是书信体语言,即人类时代的语言,这是"为那些距离遥远的人们传达他们生活中的直接需求的语言"(Vico,2020:160)。维柯对人类文字语言阶段的划分与威廉·沃伯顿(William Warburton, 1698—1779)和艾蒂安·博诺·德·孔狄亚克(Étienne Bonnot de Condillac,1714—1780)等与他同时代学者对语言阶段的划分是相当不同的,他的划分打破了线性发展的历史观:

> 正如众神、英雄和人类是同时出现的(因为是人类想象出了众神,并相信他们的英雄本性是众神和人类混合的产物),这三种语言也是同时发生的,每种都伴随着与之相对应的文字。但从一开始,他们之间就存在着三个巨大的差异。众神的语言几乎完全无声,英雄的语言是有声与无声语言的等量混合体……人类的语言几乎完全有声。(Vico,2020:170—1)

就像吉尔伽美什三分之二是神,三分之一是人一样,人的时代、英雄时代与神的时代是寓于一体的。如果把"是人类想象出了众神"这一句看作《新科学》的世俗性的证明的话,也许我们就忽视了维柯的"共时"思想的基督教神学背景以及《新科学》中众神与一神的联系。对通过人类想象出的众神而介入历史的一神而言，时空的边界并不存在，与这位一神有着神秘的内在联系的人类则因此而只要通过对自我心智的修正（modificazione），便可以理解任何人，因为"我"在所有的他人中、在神中。反之亦然，因为，natura 是共同的（comune）创造（natio），只是不同的时刻与情境造就了多样性，而多样性正是神意的体现。维柯说，他用了二十年才理解了原始人，奥尔巴赫说，这是维柯最了不起的成就。在一个普遍认为原始人不是最低等的野兽就是最高贵的野蛮人（noble savage）的时代、在一个普遍认为自己时代是文明理性达到最高成就的时代，怎样理解与我们相隔千年、相距万里的人？维柯用的方法是"对我们人类心智的修正"，这句话出现在《新科学》被引用最多的段落里："公民世界当然是由人创造的。因此，这些原则是可以发现的，它们必须在我们人类心智的修正中被发现。"（Vico, 2020: 110）

维柯关于语言文字阶段划分的论述不仅打破了线性发展的历史观，也为我们提供了一种阅读伦理与阅读美学。达姆罗什提出的"超然介入"的阅读模式就是一种"对我们人类心智的修正"。他要回答的，是在"9·11"后，怎样理解与我们相隔千年与相距万里的人？——一个和维柯不同时代的相同的问题。如果说《新科学》还有一些乌托邦色彩，达姆罗什的《什么是世界文学？》展现的则是一个更为现实的世界。和维柯一样，达姆罗什的"世界"也是给予秩序，他的 natio 也不是狭义的民族国家,他的"文字世界"也是人与人、人与神的联结,但和维柯不一样的是,他要处理的是多样的"立约"与"复生"。

五、契约、起源与"作者之生"

1987年,达姆罗什出版了他的专著《叙事立约:圣经文学发展中的文类演变》(*The Narrative Covenant: Transformations of Genre in the Growth of Biblical Literature*)。此书既是关于古代两河流域文学的比较研究,也是对圣经文学历史源起的考查。书名中的"发展"和"演变"二词体现出了此书的历史取向,但此书对历史的理解又是与"立约",一个充满了宗教含义的概念相关联的。对于书名中的另一个关键词"文类"(genre),达姆罗什这样解释它在此书中的意涵:

> 文类是作者与读者的叙事立约,是形塑文本写作与接受的规范(norm)和期待的框架。(Damrosch,1987:2)

"叙事立约"是一个风行于二十世纪六十年代的结构主义概念,结构主义者通常用的是 contract(契约)一词。乔纳森·卡勒(Jonathan Culler,1944—)在其《结构主义诗学:结构主义、语言学与文学研究》(*Structuralist Poetics: Structuralism, Linguistics, and the Study of Literature*,1975)一书中分劈一章讨论了"叙事契约"(Narrative Contracts)。卡勒的分析集中于小说,他用一种介于结构主义和后结构主义的方式追随"能指的冒险"——用罗兰·巴特(Roland Barthes,1915—1980)的话来说,即能指游戏的"狂喜"(jouissance)。通过对阿兰·罗伯-格里耶(Alain Robbe-Grillet,1922—2008)的小说和巴尔扎克的小说的对比,卡勒指出,巴尔扎克的小说"确认了模仿契约,让读者相信他可以将文本解读为对于现实世界的呈现",而罗伯-格里耶的小说则"通过阻碍辨识过程、妨碍人通过文本进入现实世界,从而使其将文本作为自主的语言对象来阅读,这可能会扰乱这种契约",但"这种效果之所以可能,是因为小说确实指向惯例(convention)"(Culler,1975:226)。卡勒所说的"惯例"和以上达姆罗什的引文中"规范"是同一个意思:两者都指向索绪尔语言学中"所指"与"能指"之间的"任意性"(arbitrary)关系。

在索绪尔的结构主义语言学中,"任意性"的概念也体现在"语言"(langue)和"言语"(parole)的区分之中:"语言"是社会、制度性的,而"言语"则是一种个体的行为。巴特在其《符号学原理》(Éléments de Sémiologie,1964)一书中指出,索绪尔对"语言"和"言语"的区分存在一个重要的问题,即两者中谁是"起源"的问题。巴特认为,即使在勉强可以找到"起源"的符号系统中,"起源"也是不确定的:

> 语言不是由"说话的大众",而是由一个决定性的群体来解释的。从这个意义上说,可以认为在大多数符号语言中,符号是真正"任意的",因为它是单方面决定、用人为的方式建立起来的。事实上,这些都是虚构的语言,是"逻各斯技术"。使用者使用这些语言,从中获取信息(或"言语"),但不参与其阐述。居于系统(及其变化)起源的决定性群体可能或多或少是狭义的:它可以是一个高度成熟的专家统治集团(时尚、汽车工业),它也可以是一个分散或匿名的群体……(Barthes, 1964: 101)

巴特接着写道,这个面目模糊的"决定性的群体"是一个"术语",它本身处于"时代的集体想象领域",因此,"社会学决定超越个人创新"(Barthes, 1964: 102)。巴特这里为我们指出了结构主义的两个特点:一方面是结构主义中的"起源"问题,另一方面,在结构主义中,"个人"成为了一个"空间"或"领域"。

三年后(1967),巴特发表了《作者之死》,他在文中写道:

> 一旦事实得到叙述,它就不再直接而是非及物地作用于现实,也就是说,它终于脱离了除了符号本身的实践之外的任何功能。脱节发生,声音失去其起源,作者死去,写作开始……在民族志社会中,叙事的责任从来不是

由个人承担的,而是由中介、巫师或叙述者承担的,他们的"表演"——对叙事代码的掌握——可能会受到钦佩,但受到钦佩的永远不会是他的"天才"。(Barthes,1977:142)

"天才"是一个浪漫主义的概念,在巴特的文章中,"天才"与"主体"相对,主体所做的,是掌握"叙事代码",即"叙事契约"。激进的《作者之死》是巴特从结构主义向后结构主义转变之际的作品,它一经发表便引来争议(Watts,1983;Taylor,1987),但批评的声音大多无关痛痒,"作者已死"已深入人心。《作者之死》发表两年后,米歇尔·福柯(Michel Foucault,1926—1984)的《什么是作者?》问世。虽然"作者已死"是此文的预设,但福柯对"作者"概念的处理与巴特不同。让我们停止关于"作者消失"的老生常谈——福柯写道——让我们看看作者消失后留下的空白空间里有什么;"作者"在"书写"(écriture)中得到保存,"它代表着一种旨在阐述任何文本在时间和空间上产生的条件的深刻尝试"(Foucault,1998:208);"文本指向作者,但作者在文本之外、在文本之前"(Foucault,1998:205)。和德里达一样,福柯把"书写"与"死亡"相联系,但他的论述比起德里达而言,多带了一分历史色彩:

这种关系[书写与死亡的亲缘关系]颠覆了希腊叙事

或史诗中的古老观念,即叙事/史诗保证了英雄的永生。英雄接受早逝是因为他的生命因死亡而得到圣化和升华,进入永生,叙事弥补了他对死亡的接受。从另一个意义上讲,阿拉伯故事,尤其是《一千零一夜》,其动机、主题和借口就是这种战胜死亡的策略。讲故事的人一直讲到深夜,以阻止死亡、推迟每个人都必陷于沉默的必然时刻。谢赫拉查德的故事是对谋杀的绝望颠覆,在所有那些夜晚,它们都在努力将死亡排除在生存之外。这种将口头或书面叙事作为对抵抗死亡的观念已被我们的文化所改变。如今写作与牺牲和生命本身的牺牲联系在一起;它是一种自愿的自我消亡,不需要在书中表现出来,因为它发生在作家的日常生活中。一部作品本来有创造永生的义务,但现在它却获得了杀人的权力,成为了杀害其作者的凶手。(Foucault,1998:206)

福柯的这段精彩的评论从字义层面和比喻层面解释了"作者之死"。在古典和中世纪的世界文学中,写作都是人对永生的欲望的表达,而在现代,它一方面体现出一种对死亡的渴求,另一方面,在现代的认知阈(episteme)中,"人"不过是海边沙上的脸。相比《作者之死》的优雅冷峻,《什么是作者?》更寓有一种寻回"作者"的欲望。《什么是作者?》推动了"建构"作者的历史研究。斯蒂芬·格林布拉特(Stephen Greenblatt,1943—)的莎士比亚已不是自称"创造者"(poeta)和"诗的源起者"(carminis auctor)的贺拉斯(Eddins,1995：47),而是社会条件、书写技术和制度变化等各种力量交汇下的产物。

巴特在文中提到的"声音失去其起源"和福柯的文章里所谓的"现代""作者在文本之外、在文本之前"都暗指一个事件,即1966年在约翰霍普金斯大学召开的旨在为人类学家克洛德·列维-斯特劳斯(Claude Lévi-Strauss,1908—2009)加冕的学术会议。德里达在大会上宣读了他的文章《人文科学话语中的结构、符号和游戏》("La structure, le signe et le jeu dans le discours des sciences humaines"),使加冕变为政变,这篇文章后来成为了后结构主义的奠基之作。所谓的"事件"或"断裂",指的是

> 语言侵入了普遍问题的时刻,在这个时刻,由于没有中心或起源,一切都变成了话语——只要我们能就这个词达成一致——也就是说,当一切都成为系统时,中心所指、原始所指或先验所指永远不会绝对地存在于差异系统之外。先验所指的缺失将所指之间的互动和领域无限扩展。(Derrida,1967：411)

让·伯克(Sean Burke)在《作者之死与回归》(*The Death and*

Return of the Author,1992)一书中分析了解构主义的"作者之死"无法脱离"作者"的悖论。德里达在占据《论文字学》大幅篇章的《卢梭世纪》中把卢梭作为作者来研究,而被巴特宣布死亡的"作者"本身也是一个需要被怀疑的建构——一个具有神权的、整合的"作者"至少从新批评者威廉姆·韦姆萨特(William K. Wimsatt,1907—1975)和门罗·比尔兹利(Monroe C. Beardsley,1915—1985)提出"意图谬误"(intentional fallacy)以来,其存在就无法被毫无保留地接受。伯克的论证不乏问题,但至少有一点可以肯定,即"作者"从未真正死亡。汉学家宇文所安(Stephen Owen,1946—)和达姆罗什具有相似的受教育背景,两位学者都在解构主义大本营耶鲁大学度过了大部分的求学时光。两位学者的同时代的论著向我们展现了两种在解构主义影响下、在"作者之死"后看待作者的视角和处理作者的策略。

达姆罗什的《叙事立约:圣经文学发展中的文类演变》写于巴特宣布作者之死二十年后,同时期,宇文所安出版了《追忆:中国古典文学中的往事再现》(Remembrances: The Experience of the Past in Classical Chinese Literature,1986)一书,其中体现出的对作者、契约和起源的看法与《叙事立约》形成意味深长的参照。《追忆》一书的研究对象是中国古典文学中的怀古诗,在此书的《导言:诱惑及其起源》("The Lure and Its Origins")一章里,欧文区分开两种传统,即西方的"模仿"传统和中国古典文学中的"回忆"传统。欧文认为,自古以来,作者就受到通过写作而达到永垂不朽的希望的"诱惑",西方文学的模仿传统和中国文学中的回忆传统是这种诱惑的两种起源,虽然作者通过写作可以得到永生的希望在中国和西方文学传统中都存在,但中国文学传统给了这个承诺一个"宏大的、堂吉诃德式"的限定,即"它[文学]传递的不仅是[作者的]名,更是他自身的'内容'",怀古诗将这种希望"内化"成为它的"核心主题",它的"基本规则是一个与过去和将来的契约:'我回忆,因此,我可以希望被回忆'"(Owen,1986:1)。

我们或许可以像夏志清批判浦安迪(Andrew Plaks)的《红楼梦的原型与寓言》(Hsia,1979)那样,批评欧文将"西方"和中国文学传统相对立——至少在欧美文学传统中就存在着一个源远流长的"回忆"传统,在二十世纪后革命年代成为欧美文学研究界的显学,被不断重访。但更为合适的说法或许是,欧文在中国文学传统中寻回了生死状态暧昧的作者。作者通过写作而永垂不朽——欧文的意思和福柯在《什么是作者?》中对写作与永生的关系的阐释非常相似。欧文把"模仿"传统描述为一种纵向的、有着等级关系的词与物之间的关系,艺术作品"向它周围的世界封闭:它可以替代真实世界,但不能与其交融"(Owen,1986:2)。通过"怀古"的主题,欧文将结构主义的共时契约变为横向的历时契约,这种历时契约在欧文看来存在于中国怀古诗中,所以在中国古诗中仍然存在寻回作者和历史的可能:《江南逢李龟年》这首小诗——一个残片、"纪念物"——像普鲁斯特的玛德琳蛋糕一样,具有收复历史整体性的潜能。如果说《追忆》体现了宇文所安对"作者"和历史的浪漫主义式的怀旧,在其近著《惟歌一首:中国 11 世纪至 12 世纪初的词》(*Just a Song : Chinese Lyrics from the Eleventh and Early Twelfth Centuries*, 2019)中,他则对"作者"展开了更显明的福柯式历史考古。"虽然我们可以自信地说,他[柳永]在历史上确有其人,但他在他的时代的文献中完全没有被提及。柳永是丰富的轶事传说和批评评论的生物(creature)"(Owen, 2019:10)。Creature 包括人,也包括物与其他生物。

达姆罗什的《叙事契约》和欧文的《追忆》一样,写于"历史变成故事""怀疑大叙事"的年代。和欧文相似,达姆罗什也没有接受文本与世界的相互隔绝状态,但《追忆》中的"起源"一个是已失落了的,另一个是需要不断去拯救的,而《叙事契约》从一开始就指出,圣经有复数起源,而且它是可知的,"本研究的目的是探索圣经叙述的起源和发展"(Damrosch, 1987:1)。达姆罗什把结构主义历时化,他的做法是将历史研究带入结构主义。历史研究取得的进步是"知识"的基础。值得注意的是,"史诗"——这个在欧洲哲学和美学史上被大量探讨的文类——是达姆罗什在此书中主要处理的文类之一,但达姆罗什并没有介入对"史诗"的歌德传统的讨论。他指出,古代两河流域文学对文本的分类与我们现代对文本的分类是不同的,"与其说是依据特定的文本形式和内容,不如说更依据表演或书写的媒介"(Damrosch,1987:38)。比如,在阿卡德语中,zamaru(歌)指的是所有被唱诵的作品,包括史诗和赞美诗;《吉尔伽美什史诗》这部通常被我们称为史诗的作品则被根据它的媒介形式,被称作 ishkaru(泥板系列);同样,在古埃及文学中,一部作品可以被称作"歌"或"书",但古埃及人没有一个将文学作品与非文学作品区分开的文类的概念。在对古代两河流域编年史的研究中,达姆罗什发现,学者们倾向于认为两河流域编年史缺乏历史观念与对历史的表现能力,这体现出研究者对古代美索不达米亚的"文类"的局限性理解:

> 因此,这并不是一个关于文化"无力"表现时间发展问题的问题,相反,证据强烈表明,这里存在着一个文类划分的问题。近东史学已经包含了所有用以建构更大的意义形态的工具,但这些形态在编年史中没有得到充分发展。美索不达米亚人是在史诗中追寻冯·拉德(von Rad)所谓的"历史"问题的,在埃及文学中,对历史的关注则在智慧文学和相关的神话散文故事中得到发展。(Damrosch,1987:59)

达姆罗什认为,这种对文类划分的错误理解背后有更深层的原因:

> 美索不达米亚编年史被认为是处理日常枯燥事实(以及带有倾向性的宣传)的文类,而与其分开的神话史诗领域则处理一个不同的、更高的世界,不同的时间(元时间)以及与神圣领域的不同关系。神话史诗与编年史不同,关心的是生命的终极意义。(Damrosch,1987:59)

研究者对古美索不达米亚文类划分的错误理解在一定程度上是对当时的作者与读者之间的"契约"——形塑文本写作、接受的规范和期待的框架——的错误理解。当时的"契约"是人的世界与神的世界没有分隔:

> 但这种意识形态划分在当时并不存在,近东史学不断强调元时间与当下时间的连续性、神的世界与日常生活世界之间的连续性……神圣秩序下的自然世界与人类历史活动的世俗世界之间没有明确的界限。所以,美索不达米亚文学消解了弗兰克·克罗斯(Frank Cross)所作的关于史诗和历史的区分。(Damrosch,1987:60)

像克罗斯这样试图对美索不达米亚文学做现代的"世俗化"解

读的学者犯了一个意识形态投射的错误。达姆罗什通过对"文类"的研究，恢复了古美索不达米亚社会中的人神相联的关系，指出当时的历史观并不"世俗"："撒拉玛尼撒和图特摩斯编年史明确把它们的英雄与神相联系，在此过程中，他们非常直接地呈现了一个理解历史过程中反映出的生命意义的框架"（Damrosch,1987:60）。

达姆罗什让古美索不达米亚的神"复生"，从中可以看出三方面的问题。其一，这呼应了此书标题中的"立约"（Covenant）一词，也就是说，此书对"文类"的讨论所涉及的社会关系不能单单看成是一种"世俗"的关系，而是需要考虑到在古代两河流域社会生活中宗教所起的作用。需要注意的是，"立约"这个词在此书的语境下隐含反讽的意味。Covenant 与犹太—基督教的一元神与人的立约相关，这在上一章中对《新科学》的讨论中已有具体说明，而达姆罗什在此书中不仅给予了维柯《新科学》中异教的神——维柯所谓的"假神"——和犹太—基督教的一元神相平等的地位，而且古美索不达米亚的神祇是犹太—基督教一元神的多元起源。其二，对"起源"问题，达姆罗什没有经典结构主义的纠结与回避。"起源"在结构主义中的尴尬地位是它在后结构主义"政变"中陷落（当然，它从没有完全陷落）的重要原因。在达姆罗什对人神关系的处理中，我们看到的是与神的"复生"相并行的人的"复生"。事实上，达姆罗什指称作者始终用的是"作家"和"诗人"，这不同于卡勒、巴特、福柯等用"空间"来意指"作者"。"文类是形塑文学的重要力量,但在真正具有创造力的文本中,它不是决定性力量"(Damrosch,1987:2)。其三,在达姆罗什的批评体系里,文本与世界之间的关系是敞开的。

达姆罗什对作者、起源和契约问题给出了与经典结构主义者不同的理解。同样受到结构主义与后结构主义影响并推崇维柯的萨义德对这些问题的处理与达姆罗什形成有趣的参照。"起源"是萨义德文学批评中的重要命题,萨义德对此话题的讨论总是围绕维柯展开。其早期的《开始:意图与方法》(*Beginnings: Intention and Method*,1975)一书的核心概念是复数的"开始"。值得注意的是,萨义德的"开始"并不是"起源",他对"开始"(beginning)和"起源"(origin)做了如下区分:

> 也许我在题词中引用维柯,并将他的作品作为结论的主题的决定最好地体现出了我的(循环)观点,即,开始是最初的、最重要的,但并不总是显而易见的,开始基本上是一种活动,最终意味着回归和重复,而不是简单的线性成就,开始和再次开始是历史性的,而起源是神圣的,开端不仅是创造,而且是它自己的方法,因为它有意图。简而言之,开始是创造或产生差异;但——这就是这个主题的魅力所在——差异是将已经熟悉的事物与人类语言

的丰富新颖性相结合的结果。(Said, 1975: xvii)

值得注意的是,萨义德吸取了维柯的"再过程"(ricorso)的概念,而放弃了他的"起源"概念。萨义德对维柯的"起源"做了一种"世俗"解读,将它化为介于结构主义、后结构主义和维柯的人文主义之间的开始,即"重复"(repetition)的概念。开始即重复,是"创造或产生差异",而"差异"是"将已经熟悉的事物与人类语言的丰富新颖性相结合的结果"。萨义德有两篇专论"重复"和"原创性"的论文(《论重复》["On Repetition"]和《论原创性》["On Originality"])。《论重复》收入他的《世界·文本·批评家》,从此书的标题可以看出萨义德写作此书的意图。巴特曾说,"批评家和作家一起被谋杀了",萨义德试图做的,是通过批评家再建立起世界与文本的联系,这和达姆罗什是一致的,而对"起源"的不同理解与态度则是两位批评家的分歧之一。《论重复》一文也从维柯谈起,萨义德写道:"在《新科学》的结尾,维柯详细阐述了人类历史不仅是由人类创造的,而且是按照不断地循环往复创造的,他继续解释这些重复如何成为保存人类种族的可被理解的模式。"这里,萨义德引用了《新科学》中的一段话:

诚然,人类自己创造了这个民族世界(我们认为这是我们科学中第一个不容争辩的原则,我们无法从哲学家和语言学家那里找到这个原则),但这个世界无疑是从一个多样、有时甚至是自相矛盾的心智中产生的。这个心智总是高于人类为自己提出的特定目的。它用狭隘的目的来实现更广泛的目的,从而保存地球上的人类。人类想要满足他们的兽欲、抛弃他们的后代,但他们创始了贞洁的婚姻制度,家庭就是从婚姻中产生的。族长们想要毫无节制地对他们的部属行使父权,但他们服从于公民力量,城市就这样出现。贵族统治阶层想要滥用他们对平民的权力,但他们不得不服从建立民众自由的法律……(Said, 1983:111)。

萨义德总结道,对维柯而言,人类历史是通过"根据特定的固定事件的进程来重复自身"(Said, 2003:112)而运作的。萨义德没有指出这个神秘的"心智"是什么。维柯在这一段里的论述,与亚当·斯密"看不见的手"、黑格尔"理性的诡谲"的理论有共通之处,三者都是说明人类社会是怎样"使用"人的意志而运作的,但《新科学》里的"心智"有一个明确的"起源",即神意,这一段也是奥尔巴赫所谓的《新科学》中人意与神意之间的"神秘戏剧"的所在。萨义德在此文中引用维柯的这一段话与其说体现出他对维柯的认同,不如说体现出他在维柯人文主义和结构主义之间的摇摆,而他坚定的"世俗批评"使他更倾向于结构主义的"符号的重复"(Barthes, 1964:93),而非维柯的神圣"心智"。萨义德想确立起"人"——作者、批评家——却在每次要企及"起源"的时刻使之成为"开始"与再开始——即重复。德里达在评论结构主义人类学家列维-斯特劳斯时指出，斯特劳斯思想中的起源概念从一开始就是模糊的，自然/文化的对立在斯特劳斯的著作中只有方法论意义。结构主义的"任意性"概念关涉人的社会性，"起源"是关于人从自然到文明的转变。列维-斯特劳斯对此主题的讨论影响深远，德里达对列维-斯特劳斯思想的解构在很大程度上是依靠这一点。对自然/文明二元对立的解构和他在《论文字学》中对斯特劳斯的解构有着至关重要的联系。重审列维-斯特劳斯对此主题的论述和德里达对斯特劳斯的反驳可以帮助我们理解达姆罗什是如何给出一种异于德里达的、走出结构主义困境的方案。

列维-斯特劳斯在其第一部主要著作《亲缘关系的基本结构》(*Les Structures élémentaires de la Parenté*，1949)中写道，他关心的问题是"自然究竟在哪里结束、文化究竟在哪里开始"(Levi-Strauss，1969：4)。这个主题贯穿了他一生的研究。在此书中，列维-斯特劳斯提出，动物没有"象征性思维"的能力，"猴子的社会生活不适合规范的确立……不仅单个主体的行为不一致，而且集体行为中也没有可辨别的规律模式"(Levi-Strauss，1969：8)，这种缺乏规范性在黑猩猩的性活动中尤为明显——"一夫一妻制和一夫多妻制并存"(Levi-

Strauss，1969:7）。斯特劳斯总结道，"这种规则的缺失提供了区分自然与非自然的最可靠标准"（Levi-Strauss，1969:8）。

需要指出的是，斯特劳斯认为，纯粹的自然状态是一种假设、一个逻辑建构，而非历史真实，因为人天生具有象征能力，从出生起，他就处于社会之中，动物可以回归自然，但不可能指望人这么做，因为"一个孤立的人没有自然行为可以回归"（Levi-Strauss，1969:5）。正是在这个意义上我们才可以理解斯特劳斯为什么说，"没有任何经验分析可以确定从自然到文化的转折处在哪儿、它们的连接处在哪儿"（Levi-Strauss，1969:8）。斯特劳斯把他对此问题的分析称为"理想的分析"，而非"真实的分析"（Levi-Strauss，1969:8）。在此书中，斯特劳斯提出，乱伦禁忌是自然与文化的连接点。他认为，如果我们把自然定义为普遍性，而把文化与规则相联系，那么：

> 我们面对一个事实，或者更确切地说是一组事实，根据前面的定义，它们与丑闻相差无几。我们将这组复杂的信仰、习俗、条件和制度简明扼要地称为乱伦禁忌，它呈现出两种清晰的特征，它不可分割地结合了两种相互排斥的秩序的冲突性特征。它构成了一条规则，但在所有社会规则中，只有它同时具有普遍性（Levi-Strauss，1969:8）。

乱伦禁忌是同时具有文化和其理论上的对立面——自然——的特性的规则。斯特劳斯说,"它具有倾向和本能的普遍性以及法律的强制性"(Levi-Strauss,1969:10)。乱伦禁忌旨在解释"每个特定社会中的特定结构形式"(Levi-Strauss,1969:23)。关于乱伦禁忌的"起源",斯特劳斯这样写道:"乱伦禁忌的起源不是纯文化的,也不是纯自然的,它也不是自然和文化的混合体。它是一个基本步骤,因它、通过它、从它之中,自然过渡到文化。"(Levi-Strauss,1969:24)

斯特劳斯关于"乱伦禁忌"的论述与维柯对民族世界的创立的论述有几点相似与不同。维柯认为民族世界的建立始于人对神的敬畏——缪斯源于宙斯。大洪水之后,异教民族游荡荒野,失去了制度,即人类文明。人类在荒野里交合,是对雷电的畏惧使他们建立婚姻制度,这个从无序向秩序的转变与"乱伦禁忌"相似。斯特劳斯的"乱伦禁忌"也是给予秩序——"以秩序替代偶然性"(Levi-Strauss,1969:32),但值得注意的是,"乱伦禁忌"是一个有着二元对立张力的形而上学概念,而这种张力在维柯的关于民族创生的论述中是不存在的。乱伦禁忌"具有倾向和本能的普遍性以及法律的强制性"。在《新科学》中,维柯区分了"习俗"(consuetudine)和"法律"(legge),他认为,"各民族的自然法"是习俗,而非法律,他把前者比作国王,后者比作暴君:

> 狄阿·卡苏斯(Dio Cassius)有一句话值得考虑,他说:"习俗像一位国王,法律却像一个暴君。"我们必须把"习俗"理解为"合理的",而把"法律"理解为没有受自然理性灌注生命的。
>
> 这条公理实际上解决了"法律是来自自然还是来自人们的意见"那场大争论。这个问题实际上就是在第8条公理里已提到的"人类按本性是不是爱社交"的问题。各非犹太民族自然法都是根据习俗建立的(狄阿说,这种法律像一个国王根据什么是让人愉悦的来命令我们),而不是凭法律来指使我们(狄阿说,法律像暴君一样凭暴力来命令我们)。因为,其一,法律起于人类习俗,而习俗则来自各民族的共同本性(这就是本科学的主题);其二,因为法律保存人类社会,没有什么比遵守自然习俗更自然的了(因为没有什么比遵守自然习俗更令人愉悦)。如果我们承认这一切,那么,作为这种习俗来源的人类本性是爱社交的。(Vico,2020:105)

在这段重要的论述中,维柯指出,"各民族的共同本性",即"各民族的自然法"来自人们的意见,即习俗,而非法律。斯特劳斯的乱伦禁忌理论中"倾向和本能的普遍性"同"法律的强制性"之间的矛盾在此并不存在。维柯把"法律"定义为"没有受自然理性灌注生命的法律",而"习俗"则是"合理的"。维柯的各民族的自然法基于人意与神意的联结，即人对良心/意识（consienza）的探究，这种探究同时也是对神意的揣测（divine）。在维柯关于民族创生的论述中，民族的创生起源于人对神的敬畏，即异教民族创造了神，但在这个过程中，人的本性并没有因为创建制度，即民族社会而得到改变，因为本性/自然（natura）就是创生（nascimento）。但斯特劳斯的"乱伦禁忌"的起源是很模糊的，它是它自身的起源，在自然和文化中同时在场。

在《人文科学话语中的结构、符号和游戏》和《论文字学》中，德里达的批判矛头都直指列维-斯特劳斯的"乱伦禁忌"概念。在他的政变文中，德里达历数了结构主义的建树，其中包括放弃对一个绝对起源的追寻和对西方中心主义的反叛，但这两点，在德里达看来，都是不成功的。"结构"预设了"中心"，"中心"统摄结构，中心在设置了符号自由游戏的边界的同时也限制了符号的自由游戏。德里达认为，西方的形而上学史是一连串"中心"的替代物的历史，在列维-斯特劳斯的思想中，这个替代物就是"乱伦禁忌"，他指出，列维-斯特劳斯的"乱伦禁忌"处于一种特殊地位，它本身构成了义化差异的透明体系的一部分，它同时提供了自然与文化差异的起源，因此它也位于文化体系之外，作为其可能性的条件。这种既内在又超越的地位呼应了形而上学史上的一连串替代包括上帝、人、意识、良心，等等（Derrida，1967：411）的概念。斯特劳斯将他的"乱伦禁忌"称为"丑闻",德里达给了"丑闻"一词不同的意涵,"乱伦禁忌不仅为形而上学的概念带来了丑闻,而且逃避了这些概念,先于它们,作为它们的可能性条件"(Derrida,1967:416)。

达姆罗什在《民族的民族志学者:〈忧郁的热带〉中的犹太教》("The Ethnic Ethnographer: Judaism in Tristes Tropiques",1995)一文中写道:

> 在《论文字学》中,德里达解构了经常出现在《忧郁的热带》中的回归起源的修辞,但也许他没有完全体会到那种回归起源其实有多么暧昧。列维-斯特劳斯在"回归"博罗罗和南比克瓦拉同时,也是逃离凡尔赛的拉比。(Damrosch,1995:8)

达姆罗什这里提到的"逃离凡尔赛的拉比"指的是列维-斯特劳斯在《忧郁的热带》中看似一笔带过的对自己童年的犹太教经验的描述。列维-斯特劳斯似乎在佛教中找到了一种与犹太教相悖的女性特质,在南比克瓦拉人身上找到了与上帝的压迫性父权相对立的兄弟情谊,但最终这些回归都被延迟与消解。列维-斯特劳斯所"回归"的是一个空的起源,因为他对犹太教的信仰在童年时就已被摧毁。

达姆罗什讨论的是一个人和一段历史,他所关注的起源与信仰的问题是德里达的《论文字学》中所讳言的。如果说结构主义对人和神尚持暧昧的态度,德里达给我们的则是暧昧的双重身。更重要的是,德里达的"解构"并不是走出结构主义困境的唯一方式。

六、诸神黄昏之后:达姆罗什的"世界文学"与"文字世界"

德里达对列维-斯特劳斯的"乱伦禁忌"的批判是和他对西方语音中心的批判结合在一起的。列维-斯特劳斯在南比克瓦拉人身上看到了一种"回归社会和政治组织根本性质"(Levi-Strauss, 1981:315)的模型,他们有"乱伦禁忌",也就是说,他们既有普遍的倾向,又有社会规则。德里达认为,斯特劳斯把暴力的南比克瓦拉人描述成天真美好,他的描述和他崇拜的卢梭对"高贵的野蛮人"的描述相似,而那些在南比克瓦拉人身上发现暴力与仇恨的西方传教士和人类学家则被斯特劳斯说成是他们民族中心主义的投射。德里达在其中发现了一种悖论,这种悖论是与斯特劳斯对南比克瓦拉人"没有文字"的表述联系在一起的。斯特劳斯说南比克瓦拉人"没有文字",德里达认为,

> 如果我们不再从线性的表音符号的狭隘意义上去理

> 解文字，我们就可以说，所有能创造名称的社会，即能抹去名称并对名称进行分类的社会，一般都会运用文字。"无文字的社会"这种说法不符合任何现实或概念。这种说法是以人种中心主义的梦想为基础的……一种深刻的民族中心主义，它推崇拼音书写模式，这种模式使得排除文字更容易、更合法。但民族中心主义认为自己是反民族中心主义，是有着解放进步主义的民族中心主义。(Derrida,1976:118;129)

德里达在《论文字学》中指出，结构主义的方法意味着"符号'语言'的膨胀"，即"符号本身的膨胀"(Derrida,1976:15—6)，这并不意味着图形符号的膨胀，而是语音符号的膨胀，是声音元素在意义产生中的作用的膨胀，语言成为了言语。《论文字学》分析了索绪尔如何规定语言学只是言语研究，而不是书写研究。德里达认为，列维-斯特劳斯、雅各布森，甚至所有结构主义者都强调了这一点。

结构主义作为一种研究整体性的模式自有其可取之处。德里达向我们阐明了语音中心主义与西方/民族中心主义的联系，但德里达的解构是基于建构一个易于被解构的模型的基础之上的。德里达在对卢梭和列维-斯特劳斯的论述中已经向我们半流露半掩饰地提到了维柯，"只有维柯认为原始语言具有神圣的起源""维柯是少数认为书写和言语是同时发生的人之一,甚至可以说是唯一持这种见解的人"(Derrida,1976:396)。

维柯的《新科学》为我们提供了多重消解结构主义困境的可能性。其一,结构主义的"符号'语言'的膨胀"在很大程度上源于它的共时性——所有意指都发生在"一瞬间",它无法解释变化,而维柯的《新科学》则是关于创生与不断创生——即"变化"——的理论,它可以消解结构主义的"符号的膨胀"。其二,《新科学》为结构主义的"起源"困境提供了解决的资源。需要注意的是,起源不必是单一的、绝对的。《新科学》的民族起源论充满了关窍。严格来说,在《新科学》中,犹太基督教的一元神是所有民族的起源的根本,但这个一元神的位置相当微妙,与异教民族是若即若离的关系,在异教民族的历史发展中,"起源"表现为各民族多元、共同的起源。其三,《新科学》建立起了文字与起源之间的联系。维柯认为书写和言语同时发生,这就强调了语言中的"沉默"的因素,维柯认为,沉默的诗性文字是人和神的联结媒介,"在宗教时代,天意创造了秩序……冥想宗教比谈论宗教更重要,这是恰当的……在最早的沉默时代,最早的语言一定是从符号、手势或物开始的,这些符号、手势或物与他们所表达的观念之间有着自然的对应关系"(Vico,2020:146)。各民族创造/想象神和人创造文字都是出于各民族共同的创造本性。

达姆罗什始终称自己是一位"恢复中的结构主义者"

(Damrosch，2020：8)。从他的世界文学研究中我们可以发现，他的"恢复"在一定程度上依靠了维柯——这位启蒙时代的人物——所提供的灵感和思想资源。"文类"对于地理上相近的古美索不达米亚文学和圣经文学的比较研究是一个有效的研究单位，但当研究范围从近东扩展到世界时，这个概念的有效性也相应减弱。在《什么是世界文学？》中，文字代替了文类，文字与语言的关系替代了索绪尔符号学系统中语言与言语之间的关系，成为了比较研究的基本单位。这个替换在保存结构主义方法在整体研究中的优势的同时，消解了语音中心主义，突出了多元起源因素。这里有三方面需要注意。其一，如上文指出的，达姆罗什的多元起源观和维柯有一个重要的不同，即《新科学》中的神秘的犹太基督一元神在达姆罗什的世界文学研究中有了多元起源，从这个意义上来说，达姆罗什的研究和所有圣经研究一样是世俗的，但在强调宗教对历史的参与及影响的意义上，达姆罗什的研究可以用哈贝马斯的"后世俗"来形容。其二，达姆罗什的"世界文学"中的"立约"是人与人之间的立约，也是人与神之间的立约，即它有社会性，也有宗教性，或者说，宗教性是社会性的一个部分。达姆罗什的"立约"和维柯的"各民族的自然法"相近，"立约"在《什么是世界文学？》中是"超然介入"的阅读模式的基础。其三，达姆罗什延续了《叙事契约》对个体创造性的强调，他的文字—语言世界并不被"契约"所决定。

《什么是世界文学?》的研究单位是文字—语言,但其叙事单位是人,达姆罗什在此书中讲了一系列关于人的故事。贝纳迪诺·德·萨阿贡(Bernardino de Sahagún)是《教皇的吹剪筒》("The Pope's Blowgun")一章的主人公之一。萨阿贡是圣方济各会修道士,因为担心当地居民不接受拉丁语圣歌,他直接用纳瓦特语和传统的纳瓦特诗歌资源创作了一套可用一整年的圣歌,其结果是拉丁语和纳瓦特语的混杂。值得注意的是,达姆罗什在这一章中对后殖民批评家霍米·巴巴(Homi Bhabha)的"混杂性"(hybridity)理论进行了改写与扩充。霍米·巴巴的"混杂性"理论的发生场域是语言,"混杂性"发生在殖民文化与被殖民文化之间,而在达姆罗什的故事里,"混杂性"发生在文字与语言的交互场域,其结果"延伸到了神"。此章故事的核心是一场围绕文字与语言而展开的关于神的协商。殖民地时期的墨西哥诗人采用了罗马字母表,这种字母表被强加于中美洲语言截然不同的语音系统。当地作家的写作普遍向西班牙语和拉丁语语音靠拢,这促使了新变体语言的生成——本地单词被改变成作家在有限的新字母表资源内所能达到的对西班牙语和拉丁语的近似值。例如,纳瓦特尔语中表示"花"的单词通常拼写为 xochitl,但有些手稿将其拼写为 suchitl。萨阿贡不仅自己创作了一套圣歌,他还汇编了一本《墨西哥歌谣》。在他自己的创作中,萨阿贡结合了拉丁字母表和纳瓦特语的语法和词语组合规则。达姆罗什一方面强调了萨阿贡的创造力,"他明显爱上了纳瓦特语的组合资源,这是一种具有黏合性的语言,词常可以连成复杂的一串"(Damrosch,2003:87),"当时的巴洛克诗人,如贡戈拉也喜欢复杂的词语游戏,但萨阿贡同时代的西班牙人没有一个创造过像他在下一首诗中创造的新词:unquezalchalchiuht-lapitzalicaoatiague 按字面意思可翻译为'他们/用羽毛/玉/笛子/有/来/鸟鸣'"(Damrosch,2003:88)。另一方面,达姆罗什也把我们的注意力引向一种新的"立约"("沟通西班牙和阿兹特克的世界")的生成,这种"立约"的一个重要特征是旧神被混杂神所替代,"耶稣被瞠目结舌地描述为,'你的宝石,你子宫中的绿咬鹃羽毛'"(Damrosch,2003:98)。这个新旧神混杂的领域是达姆罗什在对《墨西哥歌谣》的分析中关注的焦点。神的混杂首先体现在语言层面,即神的名字是拉丁语、西班牙和阿兹特克语的混杂;在诗歌的表现层面上,基督教的神非常接近当地的神,比如羽蛇神。随着新的神被引进,"以往的万神殿现在被扩建了"。宫廷诗人对基督教的神的呈现还表现出其诡谲的一面,比如在战争诗歌中,"似乎是上帝本人正在鼓舞墨西哥人抗击那些带他来此处的西班牙人","人类文化的稍纵即逝,以一种新的史无前例的规模显现,也延伸到了神","美、神与人之间的关系被改变了"(Damrosch,2003:92—93)。萨阿贡试图用上帝替代阿兹特克世界的众神,而这却造就了一种"深刻的诗意反讽:萨阿贡创造性地压抑旧诗,结果却为我们保存了这些诗歌"(Damrosch,2003:89)。达姆罗什强调的是宗教在十六世纪的墨西哥社会生活中所起的不可忽视的作用,在此情境下,没有神的文学契约是不完整的,不考虑进宗教意涵的"混杂性"理论也是有缺陷的。

在德里达的《论文字学》里,文字是与暴力和死亡联系在一起的。在《什么是世界文学?》的《带毒之书》(The Poisoned Book)一章中,这个主题得到了不同的诠释。达姆罗什反对把帕维奇的《哈扎尔辞典》当作脱离历史语境、只被看作是语义符号游戏的元小说来解读。在这一章中,达姆罗什挖掘出了《哈扎尔辞典》写作背后的一段暴力的历史和帕维奇本人强烈的民族主义立场。暴力首先体现在文字中。这一章的核心部分经常受到读者忽略:

> 这些声明可怖地映射出布兰科维奇家族多语言主义的一个方面:他们"只在想杀戮的时候"使用塞尔维亚语。文字作为武器的功能贯穿在《哈扎尔辞典》中——从阿德公主的死亡字母到圣西里尔创造西里尔字母。帕维奇在总结早期圆形的斯拉夫字母到有尖角的西里尔字母的转变过程时用暴力的语言形容字母化的过程:"当斯拉夫人在公元860年围攻君士坦丁堡时,西里尔正在他小亚细亚的奥林匹斯山修道院的小房间为他们设置陷阱——他在创造斯拉夫字母。他开始用圆形字母,但斯拉夫语言

> 如此狂野,以至于墨水不能够控制它。于是他制作了第二套被关进栅栏的字母表,把这不受约束的语言像鸟一样关进了笼子。"为了把斯拉夫语关进它的文字之笼,西里尔和他的兄弟梅多德"把它打成碎片,通过西里尔字母的栅栏把它放进他们嘴里,用他们的唾液和脚底下希腊的泥土把碎片黏合起来"。(Damrosch,2003:269)

当圣西里尔改编希腊字母、创建斯拉夫国家普遍使用的西里尔字母时,圣西里尔所关心的问题是宗教性的,即促进希腊东正教与当地的联系。同所有文字系统一样,西里尔字母为斯拉夫语言提供了形式,同时也为其划定了边界。如果说墨西哥殖民时期的当地诗人对罗马字母表的采用体现出一种协商精神,帕维奇的案例则是一则关于憎恨的故事,这和我们通常将它当作类似法国新小说式的叙事所赋予的理解是完全不同的。在此,读者对文本缺乏理解,一方面是由于作者本人的讳言与装点,另一方面是由于读者对这段历史的陌生。帕维奇将西里尔字母描述为暴力的化身。《哈扎尔辞典》是以用西里尔字母书写的塞尔维亚语出版的,当时的语言被称为塞尔维亚—克罗地亚语,但随着南斯拉夫解体,塞尔维亚脱离了克罗地亚,塞尔维亚语和克罗地亚语也成为了两种语言,这两种语言除了是用不同字母书写以外——前者用西里尔字母书写,后者用罗马字母书写——几乎没有区别。帕维奇是塞尔维亚民族主义的狂热拥护者,他借此机会将《哈扎尔辞典》"翻译"成罗马字母,而由于此小说是词典的形式,所以罗马化的《哈扎尔辞典》和原文有不同的词条顺序,这使得阅读体验发生了改变,几乎每个单词都与原文相同,但几乎每个字母都发生了变化。作者在文字中发现暴力,又将暴力施加于文字。

文字与文字之间的战争体现出神与神之间的战争,这个主题在达姆罗什对《旧约》的分析中得到了充分的诠释。在《文字世界:书写系统与世界文学的形成》和《作为另一种话语的世界文学》("World Literature as Alternative Discourse",2011)等文章中,达姆罗什对圣经文学与古代两河流域文学之间的关系从文字—语言的角度做了探索。达姆罗什认为,"在《圣经》中,作家们以一种争论性的重写或误译的方式改编了巴比伦文本,而不是用在楔形文字世界更常见的翻译和改编的方式"(Damrosch,2007:202),这是希伯来作者保留本地文字、抵抗楔形文字的威胁和霸权的策略。圣经中的大洪水故事与《吉尔伽美什史诗》中吉尔伽美什的祖先乌塔纳皮什提姆讲述的大洪水故事非常相似,希伯来作家很有可能知道这部史诗,但《圣经》和《吉尔伽美什史诗》之间的关系不是翻译的关系,而是希伯来作家选择了非常特别的角度进行了复述,在复述过程中产生了不同的意义,其中一个重要的结果就是神的不同。《圣经》强调"罪",将道德负担放在有罪的人类身上,而巴比伦作品则将其归咎于反复无常的神灵。"虽然圣经作者们显然从旧文本中总结了洪水故事的梗概和各种细节,但他们却将故事颠倒过来——他们用散文而不是诗句来复述,这一变化进一步削弱了它与直接翻译的相似之处。"(Damrosch,2007:203)

达姆罗什的近著《比较[复数的]文学:全球时代的文学研究》(2020)是一部关于比较文学制度史的比较研究。此书充分体现出了达姆罗什的治学风格与理念:每一章的标题采用的都是复数的形式(Origins,Politics,Theories,Languages 等等),对制度创建的热情和对制度史书写的热衷贯穿于达姆罗什的教学生涯。"制度",在《新科学》中,意味着民族世界的创立。达姆罗什写作此书也是对一个世界的创建,与以往大部分的比较文学制度史不同,它不仅是一本复数的历史,而且也是一本个人史。复数的历史:比如在第一章《起源》中,比较文学制度的起源就包含了一位女性——热尔梅娜·德·斯塔尔(Germaine de Staël,1766—1817),此书关于比较文学史的书写其本身采用的就是比较的方式,涉及的不仅仅是欧美的比较文学史,也不再是一部只关于"白人男性"的学科史,而是串联起巴西、日本、刚果等各国的比较文学研究传统、女性学者与男性学者平分秋色的学科史。个人史:达姆罗什将自己的求学与治学经历融入了大历史中。

值得一提的是达姆罗什对他在耶鲁求学时的老师保

罗·德曼的评述。在《理论》一章中，他写道，德曼在耶鲁教学期间是学生崇拜的偶像，他的讲课与他的文章一样具有一种独特的魅惑力。然而，德曼去世后，随着一系列史料的发表，德曼的一段不被人知的亲纳粹历史浮出水面，学界对其人和其文都做了重新评估。这是真正的"作者之死"。达姆罗什在此处提到了学界关于德曼氏语文学家还是哲学家的论争。语言学和哲学的分界是《新科学》所处理的问题之一，这也是奥尔巴赫所关心的问题。达姆罗什在书中引用了一段德曼的访谈：

> 在后来的一次采访中，他强调说，他的出发点"不是哲学的，而基本上是语文学的"，他有些自嘲地将自己对原始文本的依赖与德里达的自我生成方法区分开来：
>
> "区别在于，德里达的文本如此精彩、如此深刻、如此强大，以至于德里达身上发生的一切都发生在他和他自己的文本之间。他不需要卢梭，他不需要任何其他人，而我非常需要他们，因为我从来没有自己的想法，我总是通过文本、通过对文本的批判性审视来获得想法。我是一个语文学家，而不是哲学家。"(Rosso, 118)

达姆罗什评论道："德曼将自己称为语文学家，他在这里接近于埃里希·奥尔巴赫说自己从对文本的'游戏'中获得了他对摹仿的理解。"(Damrosch，2020：151)德曼的"自嘲"的引文有着他一贯的"忏悔录"风格。值得注意的是，达姆罗什此处对德曼的评论颇有以子之矛攻子之盾的色彩——不知是骂你还是夸你。

2022年，达姆罗什翻译的《詹巴蒂斯塔·维柯：或非洲话语的强奸》(Giambattista Viko；ou，Le Viol du discourse africain，1975)一书出版，作者是扎伊尔/刚果作家乔治·恩加尔(Mbwil a M. Ngal，1933—1975)。这是一部吸引了达姆罗什许多年的小说，在其二十年前发表的《什么是世界文学？》中，达姆罗什就对这部小说做过讨论。乔治·恩加尔笔下的自恋的反英雄维柯是一位渴望在世界舞台上出名的非洲知识分子，他是一所未具名大学的教授，他所属的非洲研究学院分为欧洲中心的世界主义者和排外的非洲主义者两个阵营。

维柯为写作一部伟大的非洲小说而奋斗了两年，他渴望完成这部作品，以便能受邀参加罗马俱乐部，但讽刺的是，他把大部分时间浪费在和他的助手"傻瓜"的电话通话上，在无尽的对话中，他发展了一套前沿的写作理论并寻找充实简历的办法。维柯知道，如果要实现成为"非洲文学的拿破仑"的目标，他必须创作一部重要作品，但他也知道，融合非洲文化和欧洲文化并非易事，尽管他认为非洲已经无法与欧洲区分开来。维柯对周围的环境十分敏锐，他认为非洲主义者的"非洲崇拜"其实是一种微妙的西方中心主义。为了寻找灵感,他想起了詹巴蒂斯塔·维柯的《新科学》。他认为,维柯在1725年的论文中声称,所有语言都起源于原始人的诗意呐喊。小说的英雄维柯受到启发,决定掠夺非洲的口头传统,创造出革命性的语言。维柯开始写作,使用了一种夸张的没有标点的实验风格。他的目标似乎触手可及,但灾难马上降临。非洲中心主义者在他所在的大学占了上风,他们公开对他提出了一系列指控,指控他的文章是找人代笔,指控他与一位意大利同事行为不检,但最重要的是,他密谋出卖非洲口头文化,供西方人剥削,背叛了非洲话语。一群部落首领逮捕了维柯,对他进行了一场审判,这场审判给他带来了毁灭性的结果,但最终也给他带来了重生。

值得注意的是,我们的反英雄主人公和《新科学》的作家有着在读音上相同的名字——只是在读音上而言,在书写上,两者(Vico 和 Viko)有着一个字母的区别。恩加尔写作这部讽刺小说明显是受到二十世纪七十年代风行法语世界的德里达理论的影响。小说主人公维柯对《新科学》的理解是一种误解,他认为《新科学》是一种崇尚原始人口头文化的理论:

这会需要一部《新科学》去重新发现精神力量,这份力量已经在我们的技术世界失落,却在被蔑称为原始的口头文化社会得到了保存……一个原声的空间,更准确地说,一个视听的空间! 就像讲故事的人的空间那样! 那样无限丰富! 故事展现的是何等的自由! 不像小说那样死板! 小说的空间——活活就是地狱里的一层! (Ngal,2022:10)

恩加尔的讽刺小说在很大程度上是对当时流行的法语时髦理论的讽刺:审判维柯的部落首领用的是卢梭的高贵野蛮人使用的语言节奏,而首领的翻译用的则是时髦法语理论的话语。恩加尔在1975年其实就已经为我们指出了维柯的《新科学》作为一种思想资源的价值:它不同于卢梭的理论,也不同于膜拜卢梭的列维斯-特劳斯和颠覆卢梭的德里达的理论。也许达姆罗什早就看到了这一点。在译者序言里,达姆罗什写道:

《詹巴蒂斯塔·维柯:或非洲话语的强奸》是一部对全球化世界中身份认同问题的非凡讽刺作品,它开创性地探索了欧洲都市中心与边缘前殖民地之间棘手的关系。(Ngal,2022:3)

在恩加尔身上,达姆罗什看到了自己的镜像:一位夹在维柯的《新科学》和法国理论之间,试图为他的世界寻找出路的人。

《什么是世界文学?》的结尾呼应了奥尔巴赫的《摹仿论》

的开头,除此之外,它还有另一层互文意义。此书的最后一段是对埃及狮身人面像斯芬克斯的描绘:

> 在德农的刻画中,她睁开双眼、分开双唇,仿佛要诉说,但不是向她不屑一顾的生命短暂的凡人发问,而是向阿蒙·瑞(Amun Re)致意。阿蒙神是两个世界的主人,每天黎明即起,从未间断,日复一日,威力普照他永恒的王国。(Damrosch, 2003:303)

阿蒙·瑞是埃及的太阳神。《论文字学》开头的"题记"中提到古美索不达米亚的太阳神萨玛斯:"啊,萨玛斯(太阳神),你用光扫视所有土地,就像它们是楔形符号一样"(Derrida, 2016:1)。达姆罗什的斯芬克斯向阿蒙·瑞致敬,这是地球上的生命向神的致敬,而德里达的"声音"向萨玛斯诉说,萨玛斯俯瞰大地,把世界看成一连串符号的游戏。达姆罗什的"世界"向神敞开,德里达的"世界"是符号的整体,他的萨玛斯是文字学家的化身——文字学家也许是德里达的"世界"中唯一残存的神与人。反讽的是,研究"文字"的德里达在《论文字学》中没有对任何一种文字展开过深入的分析。达姆罗什接续了维柯传统,通过对多种文字、语言与历史的研究,向我们呈现了走出结构主义与后结构主义困境的可能性。当被问及作为"恢复中的结构主义者"的他"恢复"得如何时,达姆罗什谦虚地说,"还远着呢"(not quite there)①,颇有路漫漫其修远兮的意思。但也许,他已将作者、诸神与历史归还于世界。

---

① 笔者与达姆罗什教授关于结构主义、"作者"与"起源"的讨论(2024年2月20日,哈佛大学比较文学系达姆罗什教授办公室)。

参考文献

Allan, Michael. "Reading Secularism: Religion, Literature, Aesthetics." *Comparative Literature* 65. 3(2013): 257—264.

Apter, Emily. *The Translation Zone: A New Comparative Literature*. Princeton and Oxford: Princeton University Press. 2006.

——. *Against World Literature: On the Politics of Untranslatability*. London, New York: Verso Books. 2013.

Asad, Talal. *Formations of the Secular: Christianity, Islam, Modernity*. Stanford: Stanford University Press. 2003.

Auerbach, Erich. "Giambattista Vico." *Der neue Merkur* 6. 4 (1922): 249—52.

——. „Vorrededes Übersetzers." *Die neue Wissenschaft*. München: Allgemeine Verlagsanstalt. 1924.

——. *Mimesis: Dargestellte Wirklichkeit in der abendländischen*

Literatur. Bern: Francke Verlag. 1959 [1946].

——. *Gesammelte Aufsätze zur romanischen Philologie*, ed. Fritz Schalk. Bern und München: Francke Verlag. 1967.

——. *Literary Language and Its Public in Late Latin Antiquity and in the Middle Ages*, trans. Ralph Manheim. New Jersey: Princeton University Press. 1993 [1958].

——. *Mimesis: The Representation of Reality in Western Literature*, trans. Willard R. Trask. Princeton and Oxford: Princeton University Press. 2003.

——. *Scenes from the Drama of European Literature*. Gloucester, Mass. : Peter Smith. 1973.

Bakhtin Mikhail. *The Dialogic Imagination*, ed. Michael Holquist, trans. Caryl Emerson and Michael Holquist. Austin: University of Texas Press. 1981.

Baltrusaitis, Jurgis. *La Quête d'Isis. Essai sur la légende d'un mythe. Introduction à l'Égyptomanie*. Paris: Flammarion. 1967.

Barthes, Roland. *Le Degré zéro de l'écriture*. Paris: Editions du Seuil. 1953.

——. "Éléments de sémiologie." *Communications* 4.1(1964): 91—135.

——. *Le plaisir du texte*. Paris: Editions du Seuil. 1973.

——. *Image—Music—Text*, trans. Stephen Heath. London: Fontana Press. 1977.

Bayer, Thora Ilin and Donald Phillip Verene eds. *Giambattista Vico: Keys to the New Science: Translations, Commentaries, and Essays*. Itaca: Cornell University Press. 2009.

Benjamin, Walter. *Selected Writings Vol. 4 1938—1940*, trans. Howard Eiland and Michael W. Jennings. Cambridge, MA: Harvard Unversity Press. 2003.

Bergen, Doris. *Twisted Cross: The German Christian Movement in the Third Reich*. Chapel Hill: University of North Carolina Press. 1996.

Berger, Peter. *The Sacred Canopy*. New York: Doubleday. 1969.

——. "Epistemological modesty: An interview with Peter Berger."*Christian Century* 114(1997): 972—978.

——, ed. *The Desecularization of the World: Resurgent Religion and World Politics*. Washington D. C.: Ethics and Public Policy Center. 1999.

Berlin, Isaiah. *Three Critics of the Enlightenment*. New Jersey: Princeton University Press. 2000.

Burke, Sean. *The Death and Return of the Author, Criticism* and *Subjectivity in Barthes, Foucault and Derrida*. Edinburgh: Edinburgh University Press. 1992.

Blumenberg, Hans. *The Legitamcy of the Modern Age*. trans. Robert M. Wallace. Cambridge, MA: MIT Press. 1985.

———. *Die Legitimität der Neuzeit*. Frankfurt: Suhrkamp. 1966.

Bové, Paul A. *Intellectuals in Power: A Genealogy of Critical Humanism*. New York: Columbia University Press. 1986.

Bruce, Steve. *God Is Dead: Secularization in the West*. Oxford: Blackwell. 2002.

———, ed. *Religion and Modernization: Sociologists and Historians Debate the Secularization Thesis*. Oxford: Oxford University Press. 1992.

———. *Secularization: In Defence of an Unfashionable Theory*. Oxford: Oxford University Press. 2011.

Busch, Walter, Gerhart Pikerodt eds. *Wahrnehmen, Lesen, Deuten. Erich Auerbachs Lektüre der Moderne*. Frankfurt am Main. 1988.

Casanova, José. *Public Religions in the Modern World*. Chicago: Chicago University Press. 1994.

———. "Global Catholicism and the Politics of Civil Society."

Sociological Inquiry 66. 3(1996): 356—373.

——. "Rethinking Secularization: A Global Comparative Perspective." *Hedgehog Review* 8. 1(2006): 7—22.

——. "The Secular and Secularisms." *Social Research* 76. 4 (2009), 4, *The Religious-Secular Divide: The U. S. Case)*: 1049—1066.

——. "The Secular, Secularizations, Secularisms."*Rethinking Religion*, ed. Craig Calhoun et al. Oxford: Oxford University Press. 2011. 54—74.

——. "Cosmopolitanism, the clash of civilizations and multiple modernities."*Current Sociology* 59. 2(2011): 252—267.

Casanova, Pascale. *La République mondiale des Lettres*. Paris: SEUIL. 1999.

Chaves, Mark. "Secularization as Declining Religious Authority."*Social Forces* 72(1994):749—774.

Cheah, Peng. *What is a World? On Postcolonial Literature as World Literature*. Durham, North Carolina: Duke University Press. 2016.

Comte, August. *The Positive Philosophy of August Comte*(2 vol.). Cambridge: Cambridge University Press. 2009.

Croce, Benedetto. *La filosofia di Giambattista Vico*. Michigan: The University of Michigan Library. 1922.

Culler, Jonathan. *Structuralist Poetics: Structuralism, Linguistics and the Study of Literature.* London, New York: Routledge. 2002.

Damrosch, David. *Narrative Covenant: Transformations of Genre in the Growth of Biblical Literature.* New York: HarperCollins Publishers. 1987.

——. "Auerbach in Exile." *Comparative Literature* 47. 2 (Spring 1995): 97—177.

——. "The Ethnic Ethnographer: Judaism in Tristes Tropiques." *Representations* 50. 1(1995): 1—13.

——. "Secular Criticism Meets the World." *Cairo Review of Books* (November 2005): 3—6.

——. *Meetings of the Mind.* Princeton: Princeton University Press. 2000.

——. *Comparing the Literatures: Literary Studies in a Global Age.* Princeton: Princeton University Press. 2022.

——. *What is World Literature ?* Princeton: Princeton University Press. 2003.

——. "Toward a History of World Literature." *New Literary History* 39. 3 (2008): 481—495.

——. "Scriptworlds: Writing Systems and the Formation of

World Literature." *Modern Lanuage Quarterly* 68. 2 (2007):195—219.

——. "World Literature as Alternative Discourse." *Neohelicon* 38 (2011): 307—317.

——. "Global Scripts and the Formation of Literary Traditions."*Approaches to World Literature* 1 (2013):85—102.

Damrosch, David, Theo D'haen and Djelal Kadir eds. *The Routledge Companion to World Literature*. London and New York:Routledge. 2011.

Debord, Guy. *La société du spectacle*. Paris: Buchet/Castel. 1967.

Derrida, Jaques. *De la grammatologie*. Paris: Éditions de Minuit. 1967.

——. *Of Grammatology*, trans. Gayatri Chakravorty Spivak. Baltimore: Johns Hopkins Umiversity Press. 1976.

——. *L'écriture et la différence*. Paris: Éditions du Seuil. 1967.

De Sanctis, Francesco. *History of Italian Literature*, trans. J. Redfern, vol 2. New York:Harcourt, Brace and Co.. 1959.

Dimock, Wai Chee. *Shades of the Planet*. New Jersey:Princeton University Press, 2007.

——. *Weak Planet: Literature and Assisted Survival*. Chicago: Chicago University Press, 2020.

Douglas, M. "The Effects of Modernization on Religious Change." *Religion and America: Spirituality in a Secular Age*, eds. M. Douglas and S. M. Tipton. Boston: Beacon Press. 25—43.

During, Simon. *Modern Enchantments: The Cultural Power of Secular Magic*. Cambridge: Harvard University Press, 2002.

Edelstein, Ludwig. Review of *Mimesis*. *Modern Language Notes* 65.6(1950): 426—431.

Eddins, Dwidget ed. *The Emperor Redressed: Critiquing Critical Theory*. Tuscaloosa: University of Alabama Press, 1995.

Ekermann, John Peter. *Conversations of Goethe with Johann Peter*. Cambridge, MA: Da Capo Press, 1998.

Elias, Amy J. and Christian Moraru eds. *The Planetary Turn: Relationality and Geoaesthetics in the Twenty-First Century*. Chicago: Northwestern University Press, 2015.

Elsky, Martin, Martin Vialon and Robert Stein trans. and eds. "Scholarship in Times of Extremes: Letters of Erich Auerbach(1933—46), on the Fiftieth Anniversary of His

Death." *PMLA* 122. 3(2007):742—762.

Foucault, Michel. *Les mots et les choses: une archéologie des sciences humaines*. Paris:Gallimard. 2001.

——. *Essential Works of Foucault. 1954—1984* Vol II. ed. James D. Faubion, trans. Hurley and others. New York:The New Press. 1998.

Fukuyama, Francis. "The End of History?"*The National Interest* 16(1989):3—18.

Gauchet, Marcel. *The Disenchantment of the World:A Political History of Religion*. Princeton, NJ:Princeton University Press. 1997.

Goethe JW. *Sämtliche Werke*, vol. 36, ed. E von der Hellen et al. Stuttgart:Jubiläums-Ausgabe. 1902—7 [1797].

Gordon, Peter. "The Idea of Secularization in Intellectual History," *A Companion to Intellectual History*, eds. Richard Whatmore and Brian Young. John Wiley & Sons. 2016. 230—246.

Gorski, Philip. "Historicizing the Secularization Debate: Church, State, and Society in Late Medieval and Early Modern Europe."*American Sociological Review* 65(2000):138—67.

Gorski, Philip and Ateş Altinordu. "After Secularization?" *Annual Review of Sociology* 34(2008):55—85.

Gombrich E. H. *The Story of Art*. London and New York. Phaidon. 1950.

Graff, Gerald. *Professing Literature: An Institutional History*. Chicago, IL.: The University of Chicago Press. 1987.

Graf, Friedrich W. *Die Wiederkehr der Götter: Religion in der modernen Kultur*. München: Beck. 2004.

Greenblatt, Stephen. *Renaissance Self-Fashioning: From More to Shakespeare*. Chicago: Chicago University Press. 2005 [1980].

Habermas, Jürgen. *Europe: The Faltering Project*. Malden: Polity Press. 2009.

Hatzfeld, Helmut. "Review of *Mimesis*." *Romance Philology* 2. 4(1949):333—338.

Hegel, GWF. *Hegel's Aesthetics: Lectures on Fine Arts*, vol. II, trans. Thomas Malcolm Knox. Oxford University Press. 1975.

——. *Phänomenologie des Geistes*, ed. J. Hoffmeister. Hamburg: Meiner. 1952.

——. *Werke* IX, eds. K. M. Michel and E. Moldenhauer.

Frankfurt am Main:Suhrkamp. 1971.

Heschel, Susannah. *The Aryan Jesus: Christian Theologians and the Bible in Nazi Germany*, Princeton:Princeton University Press. 2008.

Hsia, C. T. *C. T. Hsia on Chinese Literature*. New York: Columbia University Press. 2004.

Iversen, Erik. *The Myth of Egypt and Its Hieroglyphs in European Tradition*. Copenhagen:Gad. 1961.

Jager, Colin. *The Book of God*. Philadelphia: University of Pennsylvania Press. 2007.

Jaspers, Karl. *Vom Ursprung und Ziel der Geschichte*. Zürich: Artemis-Verlag. 1949.

Kaufmann, Michael. "The Religious, the Secular, and Literary Studies. " *New Literary History* 37. 4 (2007): 607—628.

Kanuk, Kader. *East West Mimesis:Auerbach in Turkey*. Stanford, California:Stanford University Press. 2010.

König, Peter ed. *Vico in Europa zwischen* 1800 *und* 1950. Heidelberg:Universitätsverlag. 2013.

Lacoue-Labarthe, Phillipe and Jean-Luc Nancy. *The Literary Absolute*. Albany: State University of New York Press. 1988.

Lebovic, Nitzan ed. *Political Theology*. Special Issue of *New German Critique* 35. 3(2008): 1—64.

Lerer, Seth. *Literary History and the Challenge of Philology: The Legacy of Erich Auerbach*. Stanford, California: Stanford University Press. 1996.

Levi-Strauss, Claude. *Les structures élémentaires de la parenté*. Paris: Presses universitaires de France. 1949.

——. *The Elementary Structures of Kinship* trans. J. H. Bell, J. R. von Sturmer, and R. Needham. Boston: Beacon Press. 1969.

——. *Tristes Tropiques*. Paris: Plon. 1955.

——. *Tristes tropiques*. trans. John and Doreen Weightman. New York: Atheneum. 1981.

——. *Totemism* trans. Rodney Needham. Harmondsworth, Penguin, 1969.

Löwith, Karl. *Weltgeschichte und Heilsgeschehen: Die theologischen Voraussetzungen der Geschichtsphilosophie*. Stuttgart: Kohlhammer. 1953.

Lyotard, Jean-François. *The Postmodern Condition: A Report on Knowledge*, trans. Geoff Bennington and Brian Massumi. Minneapolis, MN: Minnesota University Press. 1984.

Lukács, György. *The Historical Novel*, trans. H and S Mitchell. Harmondsworth: Penguin. 1969.

——. *The Theory of the Novel*, trans. A Bostock. Cambridge, MA: MIT Press. 1971.

Mali, Joseph. *The Legacy of Vico in Modern Cultural History*. Cambridge University Press. 2012.

Martin, David. *A General Theory of Secularization*. New York: Harper & Row. 1978.

——. *On Secularization: Towards a Revised General Theory*. London, New York: Routledge. 2005.

Marvell, Andrew. "To His Coy Mistress." Poetry Foundation. https://www.poetryfoundation.org/poems/44688/to-his-coy-mistress. Accessed March 20, 2024.

Marx, Karl, and Friedrich Engels. *The Communist Manifesto and Other Writings*. New York: Barnes and Noble, 2005.

Moretti, Franco. *Distant Reading*. London, New York: Verso Books. 2013.

——. *Graphs, Maps, Trees: Abstract Models for Literary*

History. London, New York: Verson Books. 2007.

Moretti, Franco, Mark Algee-Hewitt, Sarah Allison et al. eds. *Canon/Archive: Studies in Quantitative Formalism*. New York: n+1 Foundation. 2017.

Mufti, Aamir. "Auerbach in Istanbul: Edward Said, Secular Criticism, and the Questions of Minority Culture."*Critical Inquiry* 25(Autumn 1998):95—125.

——ed. *Critical Secularism*. Special Issue of *boundary 2* 31.2 (2004):11—281.

——ed. *Antimonies of the Postsecular*. Special Issue of *boundary 2* 40.1(2013):1—267.

——. *Forget English!: Orientalisms and World Literatures*, Cambridge, MA: Harvard University Press, 2018.

Ngal, Mbwil a M. *Giambatista Viko, ou, Le viol du discours africain*, ed. David Damrosch. New York: The Modern Language Association of America. 2022.

——. *Giambatista Viko: or, The rape of African discourse*, ed. and trans. David Damrosch. New York: The Modern Language Association of America. 2022.

Nietzche, Friedrich. *The Antichrist*, trans. Anthony M. Ludovici. Amherst, New York: Prometheus Books, 2000.

Nichols, Stephen G. "Erich Auerbach's Political Philology," *Critical Inquiry* 45.1(2018):29—46.

Norris, Pippa and Ronald Inglehart. *Sacred and Secular:Religion and Politics Worldwide*. Cambridge:Cambridge University Press. 2004.

Owen, Stephen. *Remembrances:The Experience of the Past in Classical Chinese Literature*. Cambridge, MA:Harvard University Press. 1986.

——. *Just a Song:Chinese Lyrics from the Eleventh and Early Twelfth Centuries*. Cambridge, MA:Harvard University Press. 2019.

Pollock, Sheldon. *The Language of the Gods in the World of Men*. Berkeley:University of California Press. 2006.

Porter, James I. ed. *Time, History, and Literature:Selected Essays of Erich Auerbach*. trans. Jane O. Newman. Princeton and Oxford:Princeton University Press. 2014.

Puchner, Martin. *The Written World: The Power of Stories to Shape People, History, and Civilization*. Random House. 2017

Said, Edward. *The World, the Text, and the Critic*. Cambridge: Harvard University Press. 1983.

——. *Beginnings: Intention and Method*. New York: Columbia University Press. 1985.

——. *Humanism and Democratic Criticism*. New York: Columbia University Press. 2003.

——. "Philology and 'Weltliteratur'," trans. Marie Said and Edward Said. The Centennial Review 13.1 (1969): 1—17.

——. "Introduction to the Fiftieth—Anniversay Edition." *Mimesis: The Representation of Reality in Western Literature*, trans. Willard R. Trask. Princeton and Oxford: Princeton University Press. 2003.

Schmitt, Carl. *Political Theology. Four Chapters on the Concept of Sovereignty*, trans. G. Schwab. Chicago: University of Chicago Press. 2005 [1922].

Spivak, Gayatri. *Death of a Discipline*. New York: Columbia University Press. 2003.

Stark, Rodney. "Secularization, R. I. P. "*Journal for the Scientific Study of Religion* 60(1999): 249—273.

Stark, Rodney and William S. Bainbridge. *The Future of Religion: Secularization, Revival and Cult Formation*.

Berkeley: Universitz of California Press. 1985.

Stark, Rodney and Roger Finke. *Acts of Faith: Explaining the Human Side of Religion*. Berkeley: Universitz of California Press. 2000.

Taylor, Charles. *A Secular Age*. Cambridge: Harvard University Press. 2007.

Taylor, Charles, Colin Jager, and Saba Mahmood. "Secularism: Genealogies and Politics." *Public Culture* 18. 2 (2006): 281—347.

Taylor, Paul. "Men on the Run and on the Make/Review of Mensonge by Malcolm Bradbury and Saints and Sinners by Terry Eagleton," *The Sunday Times*, 13 September 1987.

Thornber, Karen. *Ecoambiguity: Environmental Crises and East Asian Literatures*. Michigan: University of Michigan Press. 2012.

Vialon, Martin. *Und wirst erfahren wie das Brot der Fremde so salzig schmeckt. Erich Auerbachs Briefe an Karl Vossler* 1926—1948. Warmbronn: Ulrich Keicher. 2007.

——. „Erich Auerbach: ein Portrait in Briefen," *Offener Hor-*

izont, *Jahrbuch der Karl Jaspers-Gesellschaft*, ed. Matthias Bormuth, Wallstein Verlag(2014): 228—233.

Vico, Giambattista. *New Science*, trans. Jason Taylor and Robert Miner. London and New Haven: Yale University Press. 2020 [1744].

——. *La Scienza nuova e altri scritti*. Turin: Unione Tipografico-Editrice Torinese. 2013.

——. *On the Most Ancient Wisdom of the Italians: Drawn Out from the Origins of the Latin Language*, trans. Jason Taylor. New Haven: Yale University Press. 2010 [1710].

——. *Die neue Wissenschaft: über die gemeinschaftliche Naturder Völker.*, trans. Erich Auerbach. München: Allgemeine Verlagsanstalt. 1924.

——. *The New Science of Giambattista Vico*, trans. Thomas Goddard Bergina and Max Harold Fisch. Ithaca and London: Cornell University Press. 1948 [1744].

Watts, Cedric. "Bottom's Children: The Fallacies of Structuralist, Post-structuralist and Decon-structionist Literary Theory' in Lawrence Lerner," *Reconstructing Literature*. Oxford: Basil Blackwell, 1983. 20—35.

Wallerstein, Immanuel. *World-Systems Analysis: An Introduc-

tion. Durham and London: Duke University Press. 2004.

Weber, Max. *Gesammelte Aufsätze zur Religionssoziologie*. Tübingen: J. C. B. Mohr. 1920—1.

——. „Wissenschaft als Beruf. "*Gesammelte Aufsätze zur Wissenschaftslehre*. Tübingen: J. C. B. Mohr. 1922.

——. „Politik als Beruf. "*Gesammelte Politsche Schriften*, ed. Johannes Winckelmann. Stuttgart: Mohr—Siebeck. 1988.

Webb, John. *An Historical Essay Endeavoring a Probability That the Language Of the Empire of China is the Primitive Language*. London: Printed for Nath. Brook. 1669.

Wellek, René. "Auerbach and Vico". *Lettere Italiane* 30. 4(Ottobre—Dicembre 1978): 457—469.

——. "Review of *Mimesis*". *Kenyon Review* 16(1954): 299—307.

Wenzel, Jennifer. *The Disposition of Nature: Environmental Crisis and World Literature*. New York: Fordham University Press. 2019.

White, Hayden. "Literary History: Figural Causation and Modernist Historicism. "*Literary History and the Challenge of Philology: The Legacy of Erich Auerbach*, ed. Seth Lerer. Stanford: Stanford University Press. 1996.

Zakai, Avihu and David Weinstein. "Erich Auerbach and His 'Figura': An Apology for the Old Testament in an Age of Aryan Philology." *Religions* 3(2012):320—338.

Zhang, Y. P. "The Art of Cunning: Georg Lukács, Mikhail Bakhtin, and Soviet Socialist realism." *Journal of European Studies* 51.1(2021):1—23.

E. H. 贡布里希:《艺术的故事》,范景中译,南宁:广西美术出版社,2015年。

金雯:《16至18世纪世界史书写与"比较思维"的兴起》,《上海大学学报(社会科学版)》40.2(2023):101—117。

刘小枫:《现代性社会理论绪论》,上海:三联书店,1998年。

童庆生:《汉语的意义:语文学、世界文学和西方汉语观》,北京:生活·读书·新知三联书店,2019年。

詹巴蒂斯塔·维柯:《新科学》,朱光潜译,北京:商务印书馆,1989年。

张隆溪:《什么是世界文学》,北京:生活·读书·新知三联书店,2021年。

张燕萍:《"五四"语言文字改革与世界文学》,《读书》11(2019):130—133。

后　记

本书的缘起之一是我在"世界"的切换和较为自由的治学与教学环境下所体会到的让人兴奋的多样性与实现奥尔巴赫所谓的"多样性的统一"的可能与艰难。在较长一段时间里，我发现自己在同时处理不同领域和不同语言的问题，这个过程让我着迷。它让我强烈地意识到不同学科与研究领域间的互通性，也让我对自己比较文学研究者的身份有了更深刻的认识与认同。在语言与学科交叉的多重传统与维度中，我尝试解剖自己，通过"认识你自己"来"认识世界"，通过"认识世界"来"认识你自己"。

在本书的构思阶段，两本书对我产生了较大的影响。一本是2019年初由北京生活·读书·新知三联书店出版的童庆生教授的专著《汉语的意义：语文学、世界文学和西方汉语观》，另一本是2020年初由普林斯顿大学出版社出版的达姆罗什教授的《比较文学：全球时代的文学研究》。为前书写作书评使我清晰地看到自己与维柯一脉的人文主义语文学与世界文学研究传统的关系不仅是师承上的，也是在作为现代汉语的使用者层面上的，而后书让我最感兴趣的地方是其多重叙述线索中关于作者个人学术成长史的脉络，特别是维柯一脉与保罗·德曼的解构主义的缠绕。

研究这个传统涉及多重比较框架。在进一步的研究中我发现，一方面，涉及对这个主题根本性理解的"世俗化"主题是迄今为止最受忽视的；另一方面，对维柯的《新科学》的深入性研究在国内外学界都是缺乏的。对这两方面的强调使本书脱离了"人文主义语文学"的概念（虽然它包含了一种对它的修正性理解），而成为一部试图在比较文学和世界文学研究与文化和宗教社会学的联结框架下处理多样主题的著作。

此书的写作包含了一种形式的反讽。作者对她的师承的研究用的不是她师承的方法。读者若有耐心读到此处，也许已发现作者的"解剖一切"的意图。书中对萨义德的评论和作者对书中所提到的许多她所敬仰的知识分子的评论一样，用了一种近乎严酷的批判态度。萨义德是作者非常尊敬和喜爱的批评家，此书至少在激进程度上已偏向萨义德。作者可以用汉娜·阿伦特的"我必须理解"为她的解剖一切的不敬辩护，但她无意为她曾信奉的晚年鲁迅的"一个都不宽恕"的刻薄精神辩护，因为她把此书最后的解剖留给这个刻薄精神。

此书是 essay，取其"尝试"而非"散文"的意思，因为它的不完美。如果它能照亮一个角落，或者抛砖引玉，它就完成了它的使命。它是萨义德理解中的 beginnings，即开始与再开始。

对维柯、奥尔巴赫和达姆罗什而言，对人文研究和现实生活中宗教因素的强调是人文精神的一部分，它不仅不与非理性等同，相反，它对各种形式的野蛮主义（barbarism）起着制约作用。

本书的研究与写作得益于我在哈佛大学的一段访学时光。感谢复旦大学中文系给予我宝贵的时间，感谢哈佛的老师与朋友们给我的友谊。书中对解构与建构、作者之死/生、契约、起源/重复和结构/解构主义等问题的探讨受益于这段时间我与达姆罗什教授的讨论，在本书出版以前，我在复旦课堂上已试讲了对这些主题的相关思考。书中所发表的不够成熟的观点纯属作者本人的观点。要感谢达姆罗什教授一如既往的耐心引领,感谢复旦的学生们对我这个青年教师的一如既往的耐心与宽容。

这本书的写作与出版要特别感谢复旦大学陈引驰教授的鼓励与帮助、朱刚教授和岳娟娟副教授的勉励与支持。衷心感谢复旦大学中文系和华东师范大学出版社。华东师范大学出版社的朱妙津、高建红和彭文曼三位女士为这本书的出版付出了很大的努力,在此致以诚挚的感谢。

谨以此书向所有引领和帮助过我的老师们致敬与致谢。

图书在版编目(CIP)数据

《新科学》、世俗化与"世界文学"/张燕萍著.
上海：华东师范大学出版社,2024. —ISBN 978-7-5760-5544-3
Ⅰ.I106

中国国家版本馆 CIP 数据核字第 2024CJ0295 号

华东师范大学出版社六点分社
企划人　倪为国

本书著作权、版式和装帧设计受世界版权公约和中华人民共和国著作权法保护

《新科学》、世俗化与"世界文学"

著　　者　张燕萍
责任编辑　彭文曼
责任校对　卢　荻
封面设计　吴元瑛

出版发行　华东师范大学出版社
社　　址　上海市中山北路 3663 号　邮编　200062
网　　址　www.ecnupress.com.cn
电　　话　021-60821666　行政传真　021-62572105
客服电话　021-62865537　门市(邮购)电话　021-62869887
地　　址　上海市中山北路 3663 号华东师范大学校内先锋路口
网　　店　http://hdsdcbs.tmall.com/

印 刷 者　上海景条印刷有限公司
开　　本　890×1240　1/32
印　　张　5.625
字　　数　120 千字
版　　次　2025 年 1 月第 1 版
印　　次　2025 年 1 月第 1 次
书　　号　ISBN 978-7-5760-5544-3
定　　价　59.00 元

出版人　王　焰

(如发现本版图书有印订质量问题,请寄回本社客服中心调换或电话 021-62865537 联系)